L'HÉRITIÈRE DE L'HIVER

FILLE DE L'HIVER
TOME DEUX

SKYE MACKINNON

Peryton Press

TABLE DES MATIÈRES

*À tous les professeurs qui ont essayé de me dissuader de réaliser mes
rêves :
allez au diable !*

PRÉCÉDEMMENT DANS LA SÉRIE

En tant que demi-déesse, Wyn s'est toujours distinguée des autres humains. Le jour de ses vingt-deux ans, sa magie fait enfin surface et elle manque de raser sa rue. Heureusement, quatre gardiens arrivent à temps : le mystérieux et parfois bougon Storm, son joyeux frère jumeau Frost, Arc, le porteur de kilt, et l'amusant et gentil Crispin.

Ils ont été envoyés par la mère de Wyn, une déesse, pour l'amener au royaume de l'Hiver, mais la jeune femme a des ennemis, même si elle l'ignore encore…

Après de vaines tentatives d'enlèvement et d'assassinat, ainsi que quelques baisers, les cinq atteignent les pierres dressées à Calanais, qui sont les portes du royaume de l'Hiver. Malheureusement, une armée de démons les y attend.

Wyn ne maîtrise pas encore très bien sa nouvelle magie, c'est pourquoi elle bénéficie d'une séance d'entraînement avec chacun des gardiens. Ils passent la nuit avec la démone Chesca et son amant gardien Aodh.

Le lendemain, la bataille commence. Wyn et ses gardiens

l'emportent, mais Aodh est tué dans le processus et la jeune femme perd l'accès à sa magie. Ils ont des relations sexuelles arc-en-ciel avant d'arriver au royaume de l'Hiver, où ils reçoivent un accueil glacial de la part de Beira.

Cependant, Wyn comprend rapidement que tout cela n'était qu'une comédie, et que sa mère l'aime vraiment. Lorsque Beira manque de se faire tuer par un assassin envoyé par le roi de l'Été, Angus, sa fille parvient à la sauver et à libérer sa magie.

Le livre se termine par l'aveu de Beira selon lequel elle est en train de s'affaiblir et qu'elle aura besoin de l'aide de Wyn pour combattre Angus.

CHAPITRE
UN

— Crispin ! Si tu ne viens pas ici à l'instant, je vais te transformer en la plus laide stalactite que ce royaume ait jamais vue !

J'ai appris à ajouter « laid » à toutes mes menaces : il ne l'admettra jamais, mais c'est le plus vaniteux de tous mes gardiens.

— Qu'est-ce qu'il a encore fait ? s'enquiert Tamara qui lève le nez du livre qu'elle est en train de lire.

Elle a été l'une des premières à remarquer que je ne ressemblais pas du tout à ma mère, et elle en profite pleinement. Dès qu'elle a un peu de temps libre, ce qui n'arrive pas souvent, elle le passe dans la chaleur de mon salon, à lire près du feu. C'est bien d'avoir un peu de compagnie féminine de temps en temps, même si elle pourrait être ma grand-mère. Je n'ai pas encore trouvé le courage de lui demander son âge. Elle a beau être petite et âgée, elle est féroce et un peu effrayante. Il ne m'a pas fallu longtemps pour comprendre que c'est elle qui tire les ficelles au palais. Tous les généraux avec leurs médailles ne sont que ses marionnettes, rien de plus.

— Vous avez une petite querelle d'amoureux ?

Ses yeux brillent de joie. Elle adore les ragots.

— Regardez ce qu'il a fait à la robe que je dois porter ce soir !

Je lui lance le vêtement et elle l'attrape d'une main. Elle a de bons réflexes pour son âge, c'est certain.

Mara déplie la robe et se met à rire.

— J'aime bien ce garçon. Il a un bon sens de l'humour.

Je soupire d'exaspération.

— Il a fait des trous dans ma robe. Deux trous à deux endroits très inappropriés. Je n'appellerais pas cela de l'humour. Cela relève de la malveillance.

Mara n'en rit que plus fort.

— J'espère que vous allez la porter comme ça au bal !

— Aucune chance.

— Alors, vous lui donnez ce qu'il cherche. Montrez-lui que vous êtes au-dessus de ses plaisanteries. Portez la robe, mais avec quelques modifications, me dit-elle en m'adressant un clin d'œil tout en me conduisant à l'armoire.

Que ma vengeance soit douce.

***

JE NE COMPTE PLUS le nombre de bals que ma mère organise en mon honneur. Ils s'adressent tous à des publics différents : les gardiens, les citoyens, les militaires, les diplomates. Maintenant qu'elle s'est remise de sa tentative d'assassinat, elle est bien décidée à montrer à tout le monde que rien n'a changé, qu'elle est toujours la reine, la mère des dieux, et qu'elle est toujours aussi forte. Cela semble fonctionner ; les rumeurs qui ont circulé dans le palais pendant quelques jours après l'attaque se sont calmées. Je suis ravie pour Beira, même si ce n'est pas vrai. Elle s'affaiblit, et refuse de m'en dire la raison. Elle est très douée pour sauver les apparences, mais lorsque nous sommes seules dans nos quartiers privés, elle laisse parfois tomber les murs qu'elle a érigés.

La tentative d'assassinat l'a fragilisée, mais ce n'est pas tout. Sa magie n'est plus aussi forte, ce qui n'était jamais arrivé auparavant. Je pense qu'au fond d'elle, elle a peur. Pour être honnête, moi aussi. Je l'ai toujours vue comme un être divin inaccessible, et penser qu'elle a des faiblesses me laisse perplexe. Cela la rend plus humaine, certes, mais elle n'est pas censée l'être.

— Veuillez vous lever pour la fille de l'Hiver, la tueuse de démons, l'héritière du trône, Son Altesse Royale, *Lady* Wynter.

Tueuse de démons, c'est nouveau. Je suppose que c'est l'un des garçons qui a demandé au héraut de le dire. Ils aiment faire ce genre de choses. Je crois qu'ils s'ennuient un peu, et que perturber la routine de la cour leur procure une certaine satisfaction.

J'entre dans la grande salle sous les applaudissements, et je suis tentée de m'en aller aussitôt. Je déteste l'attention dont je fais l'objet lors de ce genre d'événements. C'est déjà assez compliqué de devoir rester assise sur l'estrade, entourée des personnes les plus importantes du royaume et de faire la causette. Beurk. Mais traverser la grande salle du palais, en essayant de ne pas trébucher ni avoir l'air maladroite en arrivant à l'autre bout, c'est de la pure torture. Et ce soir, je n'ai même pas mes gardiens pour me soutenir. Ils ont une sorte de réunion, et ils ne nous rejoindront que plus tard.

Maintenant qu'ils m'ont ramenée en toute sécurité au

domaine de ma mère, ils ont commencé à reprendre certaines de leurs anciennes tâches. Ils sont toujours mes gardes attitrés, mais les avoir tous les quatre auprès de moi en permanence serait un gaspillage de ressources. Ils font partie des meilleurs combattants du royaume, après tout, et on les sollicite sans cesse pour transmettre leurs compétences aux plus jeunes gardiens. Je ne sais pas trop ce que j'en pense. D'un côté, je suis heureuse de ne pas avoir d'entourage partout où je vais, et de l'autre, cela me manque de les avoir près de moi tout le temps. Même la nuit, nous sommes rarement tous ensemble. C'est Storm le plus absent, étant le plus haut gradé des quatre. Parfois, il est absent toute la nuit, et il dort le matin quand j'ai des choses à faire.

Nos journées sur la route me manquent. C'était stressant, dangereux, mais j'aimais ça. Aujourd'hui, nous restons dans l'attente, plongés dans les formalités et les intrigues de la cour, faisant constamment l'objet de commérages. J'apprends lentement à me comporter dans ce cadre, mais je commets suffisamment d'erreurs pour amuser les domestiques.

C'est une autre chose à laquelle je n'arrive pas à m'habituer. Ils ont vite compris que je préférais prendre mon bain toute seule. Merci beaucoup. Si je veux de la compagnie, je prendrai un ou plusieurs de mes gardiens avec moi. Je n'ai pas besoin que des femmes de chambre me coiffent ou me préparent mes vêtements, et je ne supporte vraiment pas qu'elles me disent à quel point je suis belle lorsqu'elles me maquillent. Lorsque je regarde dans un miroir, je ne me reconnais pas. Mes traits ont changé, mes pommettes sont plus hautes, mes yeux plus vifs, mes cheveux plus brillants. Je ne suis plus ordinaire, et je déteste ça. Je voudrais redevenir l'ancienne Wyn, celle qui pouvait faire un chignon désordonné et rester en pyjama toute la journée en travaillant sur sa thèse. Ici, je dois porter de jolies robes et me comporter comme une *lady*. Beurk.

— Avancez, me glisse le héraut.

Je remarque alors que je me tiens dans l'embrasure de la porte, sous le regard des centaines d'invités qui attendent que je m'avance vers l'estrade. Heureusement, ma mère n'est pas encore arrivée. En dépit de nos différences, je recherche son approbation. C'est elle qui sait comment être reine, alors je ferais mieux d'apprendre auprès d'elle à me comporter comme une princesse.

Ignorant les regards et les conversations à voix basse, je traverse la grande salle en gardant les yeux rivés sur la haute table. Du coin de l'œil, j'aperçois quelques personnes qui pointent ma poitrine du doigt. Je suis sûre que Mara me fera un résumé de l'opinion publique. Soit je crée une nouvelle tendance, soit je deviens la risée de la cour.

Au lieu d'avoir les seins à l'air comme Crispin l'avait prévu en faisant deux trous dans ma robe, j'ai maintenant une bande de tissu noir à volants qui fait le tour du haut de mon corps comme un corset trop haut, et qui se termine par un grand nœud doré sur ma poitrine. Les trous servent à faire disparaître la bande dorée dans la robe, lui donnant ainsi un aspect tridimensionnel. C'est fou. Je dois avouer que j'aime beaucoup l'effet produit. Ainsi, je ressemble à un cadeau de Noël qui attend d'être déballé. Plus tard, après la fête, et par mes quatre gardiens, qui, je l'espère, seront bientôt là, pour que je puisse les taquiner toute la soirée.

C'est la première fois que j'arrive à mon siège sans trébucher. Il se peut que je sois en train de devenir une véritable princesse. Dès que je m'assieds, les invités font de même, et reprennent leurs conversations. Certains d'entre eux regardent encore dans ma direction, mais la plupart finissent par être distraits. Aucun des autres invités importants n'est encore arrivé, alors je m'assieds seule, laissant mes pensées dériver. Cela fait maintenant deux semaines que je suis ici et j'ai l'impression que le temps écoulé est à la fois plus court et plus long. Il y a tant de choses à apprendre et à comprendre que, parfois, j'ai l'impression que ma tête va exploser. Certaines règles de la cour sont archaïques et ont désespérément besoin d'être modernisées. L'absence de matériel électronique reste étrange, mais en même temps, leur magie permet de réaliser de nombreuses choses que la technologie n'aurait jamais pu faire. Qui a besoin de Skype quand on peut avoir une conversation télépathique ?

L'air ici est rempli de magie, et la mienne y répond. Elle se renforce chaque jour et devient un peu plus sauvage. Parfois, elle est difficile à contrôler, comme elle était sous l'emprise de l'énergie magique. Les gardiens m'ont dit que cela deviendrait plus facile au fur et à mesure, mais d'une certaine manière, c'est le contraire qui se produit. La plupart du temps, je dois me battre pour la garder à l'intérieur. Elle ressemble à un chaton qui veut jouer avec une pelote de ficelle alors qu'il sait que c'est interdit.

Hier, j'ai accidentellement congelé l'eau de mon bain. Heureusement, il n'y avait personne d'autre que moi dans la pièce, ce qui m'a évité de me retrouver dans une situation embarrassante. Néanmoins, je suis un peu effrayée par la facilité avec laquelle ma magie s'est libérée de mon emprise sur elle et s'est déchaînée.

— Comment vas-tu ce soir, ma chérie ? me demande soudain ma mère qui se matérialise à côté de moi.

Je lui envie cette compétence qui m'aurait évité d'avoir à traverser la salle comme une idiote. Ou comme une princesse, ce qui revient quasiment au même. Je ne suis vraiment pas faite pour la royauté.

— Ça va, je réponds vaguement, puis je reporte mon attention sur la nourriture qui est apparue par magie dans mon assiette.

Je suis toujours en train de m'habituer à toute cette magie. Sur Terre, je devais cacher mes facultés. Ici, non seulement on m'encourage à m'en servir, mais on attend aussi de moi que je le fasse. Les dames de la cour n'utilisent pas leurs mains dans la majorité des cas. Elles se servent de la magie.

Vous voulez vous brosser les cheveux ? Utilisez la magie. Vous maquiller ? Servez-vous de la magie.

Vous essuyer les fesses ? Vous voyez ce que je veux dire...

— Qu'est-ce que tu vas manger ? me demande Beira.

Essaie-t-elle simplement de faire la conversation ou s'intéresse-t-elle vraiment à la réponse ? Je jette un coup d'œil à mon assiette. Des pancakes, des fraises et un tas de crème. De la nourriture réconfortante. Je dois donner l'impression d'avoir besoin d'un câlin. Ou de quatre.

— As-tu besoin de moi pour quoi que ce soit demain ? lui demandé-je à la place. J'aimerais aller explorer les environs.

— Tu veux... Pourquoi pas ? Il faut sans doute que tu connaisses le royaume sur lequel tu règnes. Mais pas sans tes gardiens.

C'est exactement ce que j'espérais. Cela signifie que je les ai pour moi toute seule, pour toute une journée. Pas de politique, pas de trucs ennuyeux, rien que mes quatre hommes et moi. Ce sera comme si nous reprenions la route. Avec un peu de chance, nous rencontrerons moins de danger.

Quand on parle *des loups*... Crispin et Frost arrivent ensemble, ignorés par les invités qui sont occupés à vider leurs assiettes. Ils me repèrent ; c'est l'inconvénient d'être assise sur l'estrade à la vue de tous. Je leur adresse un signe de la main et un sourire, mais ils continuent à m'observer de loin. Crispin me montre du doigt... ou plutôt, ce sont mes seins qu'il montre.

Je me souviens de ma robe et je souris avec malice. Il a remarqué que j'ai retourné sa plaisanterie contre lui. Pauvre gardien. Il ressemble à un petit chiot triste à qui on a enlevé son jouet préféré. C'est sa punition pour avoir découpé mes vêtements.

— Au fait, j'adore ta robe, ma chérie, me dit ma mère à ce moment.

Je ricane bruyamment, ce qui ne sied absolument pas à une princesse.

CHAPITRE

DEUX

— Es-tu sûre de pouvoir voler tout au long du trajet ? me demande Storm avec précaution.

Il est clair qu'il préférerait que je reprenne le trône portable. Hors de question. Je ne monterai plus jamais dans cet engin. Surtout pas maintenant que j'ai des ailes. De belles ailes chatoyantes, presque translucides. Je les agite délicatement et je les regarde refléter la lumière avec toutes les couleurs de l'arc-en-ciel. Je ne me suis pas encore tout à fait habituée à cette sensation, mais je suis définitivement tombée amoureuse de leur apparence. Les gens sur Terre penseraient probablement que je suis une fée. Si seulement ils savaient !

— Je me débrouillerai, assuré-je de ma voix de princesse, celle qui ne tolère aucune discussion.

Il est rare que je joue du galon, mais aujourd'hui, j'ai vraiment envie de voler. Si je tombe, je suis certaine que l'un de mes quatre gardiens me rattrapera. Dans le cas contraire… oh, bon, cela fonctionnera d'une manière ou d'une autre.

— Votre Altesse, je vous ai préparé un pique-nique.

Tamara monte à toute allure les escaliers qui mènent au sommet de la tour où nous attendons de commencer notre voyage. Jusqu'à présent, je n'ai pas réussi à m'envoler depuis le sol. Heureusement, le palais de ma mère dispose d'une multitude de tours.

— Merci, Mara.

Je lui souris et je prends le panier qu'elle nous a apporté. Je n'aurais jamais pensé faire un pique-nique en hiver, mais pourquoi pas. C'est toujours l'hiver ici, dans le royaume, alors je ferais mieux de m'y habituer. La plupart des gens ont recours à la magie pour se réchauffer, sinon les dames de la cour ne pourraient jamais porter leurs robes légères. Tous ont l'air de penser que la nudité est à la mode. Je frémis. Non, je préfère être habillée correctement !

Je passe le panier à Crispin, car je ne suis pas certaine de pouvoir porter ce poids supplémentaire avec mes ailes de novice, et j'adresse un sourire aux garçons.

— Prêts ?

Avant qu'ils puissent répondre, je saute de la tour.

Je tombe.

Je tombe.

Comment suis-je censée bouger mes ailes, déjà ?

Ah. Je vole !

Juste avant que je touche le sol, mes ailes se déploient complètement, et je glisse en une courbe élégante au-dessus des champs gelés qui entourent le palais de ce côté. En quelques battements, je m'élève. Au-dessus de moi, mes hommes m'attendent. Leurs mouvements parfaits me rappellent ce qu'il me reste à apprendre. Je le ferai en temps voulu. Ils ont eu des années pour s'entraîner à voler. Je n'ai eu que deux semaines.

Voler est exaltant. Le vent ébouriffe mes cheveux alors que je monte les rejoindre. Ma magie me maintient dans un cocon d'air chaud qui fait immédiatement fondre les petits flocons de neige qui ont commencé à tomber des nuages au-dessus de nous. Ce n'est pas le temps idéal pour un pique-nique.

Ils me regardent tous d'un air désapprobateur, mais je les ignore.

— Alors, où allons-nous ? demandé-je joyeusement.

Ce n'est pas parce que c'est mon idée que je sais où aller. Tout ce que j'ai vu du royaume jusqu'à présent, ce sont les portes et le palais, et tout ce qui se trouve entre les deux. Mais après avoir regardé certaines cartes, je pourrais passer des années à explorer ma nouvelle maison. Et si ma mère parvient à ses fins, c'est bien ce qui arrivera.

Elle veut que je reste pour toujours. Je ne suis pas certaine d'aimer cette idée. Mes parents vivent toujours sur Terre. Mes parents adoptifs, je veux dire, mais ils m'ont élevée et je les connais bien mieux que Beira. Je n'ai jamais terminé mes études… J'avais une vie là-bas et je ne veux pas tout abandonner. Si cette expérience en tant que princesse est très amusante pour le moment, elle est aussi terriblement ennuyeuse à long terme. Je ne m'habituerais jamais à avoir des serviteurs et à vivre dans un immense palais qui est pratiquement une ville en soi.

Pour l'instant, ma mère a besoin de moi. Une fois qu'elle aura repris des forces… nous aviserons.

— Nous prenons vers l'ouest, annonce Storm qui s'envole, laissant le reste du groupe le suivre.

— Pourquoi est-il grognon ? demandé-je à Frost, qui vole à côté de moi.

— Il ne croit pas que ce soit une bonne idée. On a signalé la présence de soldats de l'Été dans les royaumes, et il craint que nous n'en rencontrions.

— Des soldats de l'Été, ici ? Pourquoi ne suis-je pas au courant ?

Il a l'air un peu mal à l'aise.

— Ce n'est pas une information publique.

Je ricane.

— Eh bien, je ne suis pas vraiment le public. L'héritière du trône de l'Hiver ne devrait-elle pas savoir ce genre de choses ?

— Ta mère ne voulait pas t'inquiéter, me dit Arc en apparaissant de l'autre côté, le bout de ses ailes touchant presque les miennes.

Ma bonne humeur disparaît rapidement.

— Elle ne cesse de répéter qu'elle voudrait que je reprenne certaines de ses fonctions. Comment suis-je supposée le faire si elle ne me dit pas ce qui se passe ?

— Elle attendait de savoir s'ils étaient là pour toi, explique Arc.

J'ai la tête qui tourne. Tout cela n'a aucun sens.

— Pourquoi seraient-ils là pour moi ? On m'a dit que le roi de l'Été voulait m'empêcher de rejoindre ma mère, mais je suis ici maintenant, alors pourquoi voudrait-il s'en prendre à moi ? Il a échoué, et je suis sous la protection de Beira. Il n'a sûrement aucune chance de s'approcher du palais.

— Nous avons quelques hypothèses, mais tant qu'aucune n'aura été prouvée, n'en parlons pas, grogne Storm depuis l'avant du groupe.

Sa voix porte malgré le vent qui se renforce.

— C'est hors de question ! m'écrié-je. Je veux des réponses, maintenant !

Frost s'éclaircit la voix.

— Wyn, tu fais des étincelles.

— Quoi ?

Je baisse les yeux et remarque un panache de fumée qui me suit. Oups. Qu'est-ce que ma magie a encore provoqué ?

Je vérifie et je la trouve en train de tourner en rond, avec des étincelles colorées qui volent tout autour d'elle. Mais qu'est-ce que c'est que ça ?

— Vilaine !

Elle me regarde en souriant largement.

Elle s'est vraiment mal comportée, ces derniers temps. Peut-être est-elle en pleine puberté ? Il est de plus en plus difficile de la contrôler, surtout maintenant qu'elle devient plus forte. Toute la magie qui règne ici doit altérer sa compréhension des règles. L'une d'entre elles est de ne pas mettre le feu.

— Va au coin ! lui ordonné-je, mais elle se contente de me montrer sa langue rose.

Peut-être devrais-je en parler à ma mère ? Ou à l'un des gardiens, bien qu'ils pensent tous que c'est de la folie que je parle à ma magie. Je la vois comme une entité distincte. Peut-être devrais-je éviter, car ils ne sauraient pas quoi faire.

— Je crois qu'il faut qu'on te donne des leçons, dit Frost avec un sourire en coin qui me revigore.

Serait-il en train de parler de… non, il parle de ma magie. Dommage. Je n'ai pas eu autant de contacts physiques avec eux que je l'aurais souhaité. Je croyais que lorsque nous serions au palais et que nous mènerions une vie où nous ne serions pas en train de fuir des assassins et de combattre des démons, nous aurions plus de temps à nous consacrer. Mais non, tout le monde est tellement occupé que je suis rarement seule avec eux tous. Je pourrais sans doute compter sur les doigts d'une main les fois où nous nous sommes assis ensemble tous les cinq.

Je devrais vraiment profiter de ce voyage, et laisser les questions pour plus tard. J'obtiendrai mes réponses, même si je dois pour cela inventer de nouvelles méthodes de torture. Peut-être que si je joue les innocentes, ils oublieront notre discussion et se laisseront plus facilement convaincre de partager ce qu'ils savent plus tard ? On peut toujours espérer…

J'envoie un peu de magie aquatique dans mon dos pour éteindre les potentielles étincelles. Je suis étonnée de ne pas m'être brûlée. Ce serait tellement moi. Une bouffée d'air chaud sèche aussitôt mes vêtements. La magie peut s'avérer utile.

Nous volons en silence, Frost m'adresse un sourire de temps en temps. Il ne va pas me lâcher de sitôt après cet accident où j'ai failli me brûler . Eh bien, j'ai assez de dossiers sur lui pour me venger.

— Nous y sommes presque ! s'écrie Storm devant nous. Est-ce que tu arriveras à atterrir ?

Ses doutes quant à mes compétences me font grincer des dents, mais ils sont fondés. J'essaie de chasser de mon esprit le souvenir de la collision avec l'une des tours du palais. J'ai encore des bleus sur les fesses. Voler est difficile, mais atterrir l'est encore plus. Et douloureux, dans la plupart des tentatives que j'ai faites jusqu'à présent. Espérons que je serai plus gracieuse cette fois-ci. Après tout, quatre hommes m'observent, et bien que je sois leur princesse, je veux les impressionner. Ne me demandez pas pourquoi, mon cerveau est bizarre.

— Oui ! Je réponds à voix haute, tâchant d'avoir l'air sûre de moi.

Peut-être que s'ils croient en moi, ça fonctionnera ?

— N'oublie pas d'utiliser ta magie du vent pour amortir ta chute, murmure Crispin derrière moi. Je lui fais un signe de tête reconnaissant.

C'est toujours bien d'avoir un plan B. J'ai encore du mal à combiner plusieurs types de magie. Et utiliser la magie en volant… ce n'est pas facile. Ensuite, je me rappelle comment j'ai instinctivement éteint les étincelles et réchauffé mes vêtements, et je souris. J'ai l'impression de faire des progrès, même si je ne les remarque pas immédiatement.

Nous descendons vers un pin solitaire dans une vaste

étendue de glace. Il n'y a rien d'autre ici qu'un sol gelé. Pas de maisons, pas de gens, rien que cet arbre. Comme j'ai grandi dans une ville, cela me paraît très étrange. Même lorsque nous faisions des excursions dans les collines, il y avait toujours d'autres personnes autour de nous. Pas ici. Rien ne pousse dans ces plaines, et personne n'a de raison de s'y aventurer. À l'exception de nous. J'ignore pourquoi Storm a choisi ce lieu pour notre pique-nique.

Il accélère et atterrit sur la glace en dessous de nous. Peut-être veut-il pouvoir me rattraper si je tombe. Je ne sais pas si je me sens insultée ou choyée. Ces hommes perturbent à nouveau mes émotions. Avoir un seul petit-ami était déjà assez compliqué sur Terre, et cela a duré environ deux mois avant qu'il ne me laisse tomber. Aujourd'hui, j'en ai quatre. Il devrait y avoir un manuel à ce sujet. *Comment avoir son propre harem d'hommes.* Ou : *comment faire face à un taux de testostérone quatre fois supérieur à la normale.*

Ils me rendent dingue. D'un autre côté, ils pensent sans doute la même chose de moi. Je sais que je ne suis pas la personne la plus facile à vivre. Ni la plus stable.

J'ajuste l'angle de mes ailes comme les garçons me l'ont montré. Théoriquement, cela devrait permettre un atterrissage en douceur. Je cherche ma magie du vent et crée un coussin d'air au-dessus du sol. Juste au cas où. Je ne veux pas gâcher ce pique-nique en cassant quelque chose.

— Vas-y, m'encourage Frost, et j'abaisse mes ailes pour plonger dans un dernier piqué.

Dix secondes plus tard, je suis très reconnaissante pour le coussin d'air que j'ai créé. Je suis étendue dessus, à un mètre du sol enneigé, en train de soigner mon ego meurtri. J'avais probablement l'air d'un dodo tombant du ciel. Avec une coordination des ailes encore plus mauvaise.

Les quatre garçons ont atterri et me regardent, tâchant tant bien que mal de cacher leurs rires. Ou, dans le cas de Crispin, sans le cacher du tout. Il est plié en deux. Je grogne sur lui. Il insulte ma dignité fragile.

Je dégonfle mon oreiller magique et je me laisse doucement descendre au sol. Voilà à quoi aurait dû ressembler mon atterrissage. Arc s'approche et passe un bras autour de mes épaules.

— Ne t'inquiète pas, ma belle. Ça prend du temps d'apprendre à voler.

— Je sais voler ! protesté-je. Mais je ne sais pas comment atterrir.

Crispin est pris d'une nouvelle crise de fou rire. Cet homme n'a aucun respect pour sa princesse.

Pour changer de sujet, je demande :

— Pourquoi sommes-nous ici ? Qu'y a-t-il de si spécial dans cet endroit ?

Storm m'adresse l'un de ses rares sourires.

— Sers-toi de ta magie pour le découvrir.

Je fronce les sourcils, mais je fais ce qu'il me dit. Je déploie mes sens, à l'affût de tout signe d'activité magique. Il y a un léger bourdonnement sous le sol sur lequel je me concentre. J'hésite à utiliser ma magie terrestre, car c'est celle que je maîtrise le moins, mais j'envoie une vrille magique dans le sol, à la recherche de quelque chose d'inhabituel.

Le bourdonnement augmente à mesure que j'avance. Quelque chose est caché dans la Terre, quelque chose de grand. Un point sur ma droite m'interpelle et, sans réfléchir, je m'y dirige et m'arrête à quelques mètres de l'arbre. Quoi que ce soit, cela se trouve au-dessous de moi.

Je me tourne vers les garçons pour qu'ils me guident, et Storm acquiesce. Apparemment, je fais ce qu'il faut. J'envoie un peu plus de magie dans le sol pour alimenter ce point étrange qui m'attire. C'est comme si un globe avait été enterré sous la surface. Et il doit être rempli pour… pour faire quoi exactement ?

Les garçons m'auraient avertie si c'était dangereux, n'est-ce pas ? Ils ne me laisseraient pas nourrir de magie un monstre qui pourrait nous dévorer d'une seconde à l'autre ? Non, ils sont sensés, la plupart du temps. J'envoie la dernière dose de magie, et le sol se met à trembler.

— Qu'est-ce qui se passe ? demandé-je, légèrement paniquée.

Je me souviens de la première fois que j'ai fait trembler le sol, lorsque les garçons ont dû me maîtriser avant que je ne rase la rue.

— Attends, et regarde, me dit Crispin en souriant, fixant l'arbre du regard, dans l'expectative.

Celui-ci ne semble pas avoir changé… non, attendez ! Il commence lentement à se tordre. Son tronc fin pirouette gracieusement avant que l'arbre entier ne saute d'un côté, laissant un trou dans le sol.

— C'est quoi ce bordel ?!

Je scrute l'arbre qui se trouve maintenant à un nouvel endroit, comme s'il avait poussé là toute sa vie.

— Qu'est-ce qui s'est passé ?

— Tu **es** tellement impatiente ! dit Frost en riant. Comme l'a dit Crisp, attends, et regarde.

Je ne suis pas d'une nature patiente, mais comme les garçons ne bougent pas, je n'ai pas le choix. Je regarde le trou et m'en approche avec précaution. Il est juste assez large pour que quelqu'un de la carrure d'Arc s'y glisse. Je lui lance un regard. Ses muscles… miam… Non, Wyn, tu ne regardes pas ses muscles, tu regardes sa carrure ! Oui, il devrait passer.

Rien ne se produit.

— Devons-nous sauter là-dedans ? demandé-je, et je me tourne pour les regarder.

Une forte détonation retentit une seconde plus tard, indiquant qu'il se passe quelque chose, et je pivote à nouveau.

— Oh, tu l'as raté ! s'exclame Arc.

Je soupire de déception, mais il se met à rire.

— Je plaisante. Regarde maintenant.

Cette fois, je ne bouge pas, je scrute le trou en essayant de ne pas cligner des yeux. Une légère brume rose commence à s'élever du sol. Non, pas rose, couleur arc-en-ciel. Comme sur mes ailes, des centaines de couleurs tourbillonnent, créant l'illusion d'un arc-en-ciel. C'est magnifique. La brume commence à se solidifier et à dessiner une forme, presque aussi grande que moi.

— Est-ce un cheval ? demandé-je, mais les garçons me font taire.

— Ne prononce pas le mot « cheval » au cours des prochaines heures, m'avertit Storm. Notre hôte y est allergique.

— Quoi ? demandé-je, confuse, mais ils se contentent de gémir.

Sincèrement, ils devraient être habitués à ce que je pose des questions. Lors de notre rencontre, Crispin a dit qu'il trouvait cela attachant. Aujourd'hui, je n'en suis plus si sûre. Il a sans doute changé d'avis. Bon sang ! Même moi, je sais que je peux être ennuyeuse.

Le brouillard tourbillonne plus rapidement, devient de plus en plus solide, jusqu'à ce qu'il blanchisse soudain. Et se dessine alors une silhouette de…

— Une licorne ? m'exclamé-je, bouche bée. Mais les licornes n'existent pas !

— Ah bon ? répond la licorne d'un ton sec, et j'ai l'impression que je suis sur le point de m'évanouir.

C'est une véritable licorne. Je répète, une *licorne*. Comme un cheval blanc (oups !), mais avec une corne couleur ivoire qui doit pouvoir tuer facilement quelques démons. Son poil est chatoyant, avec une touche arc-en-ciel, et ses sabots sont couleur argent brillant.

— Est-ce que je suis en train d'halluciner ? demandé-je d'une voix faible, ce qui fait rire les garçons.

Ces fichus gardiens auraient pu me prévenir.

— Tu n'as pas réagi de façon aussi bizarre quand tu as vu que tu avais des ailes, remarque Crispin, et j'ai envie de lui mettre le feu.

Exprès, pas comme mes accidents habituels.

— Mais c'est une licorne… marmonné-je, consciente de divaguer un peu.

J'aime les licornes depuis que je suis toute petite. Lorsque j'ai découvert que l'animal national de l'Écosse était une licorne, j'ai été la fille la plus heureuse de la planète. L'Écosse regorge de statues de licornes et d'armoiries. Le château de Stirling, par exemple, possède même des tapisseries géantes représentant une licorne capturée par une vierge. Oh.

— Donc, la légende qui dit qu'il faut une jeune fille pour attirer une licorne n'est pas vraie ? demandé-je à mes gardiens, parfaitement consciente qu'ils ont découvert par eux-mêmes que je n'étais pas vierge.

Et après nos… aventures dans la chambre à coucher, je n'en serais définitivement plus une.

— Non, mais n'importe quelle jeune fille peut se présenter à moi, ricane la licorne.

J'ai les yeux écarquillés. Cette licorne vient-elle de faire un commentaire grivois ?

— Blaze, ne la choque pas davantage, le tance Storm.

Oui, c'est définitivement un mâle. La voix est mélodieuse et masculine, même si j'ignore comment il parvient à avoir l'air aussi humain. Les chevaux ont-ils des cordes vocales ? C'est dans des moments comme celui-là qu'Internet me manque. Il suffirait d'une recherche rapide pour le savoir, mais là, soit je dois poser des questions, soit je reste dans l'ignorance.

Cette fois, je décide de me taire. Je ne veux pas me ridiculiser devant cette licorne. Qui sait à quel point elle est puissante ! Un peu de respect ne peut pas faire de mal.

— Nous apportons de la nourriture, annonce Frost en montrant le panier à la licorne. Pouvons-nous faire notre pique-nique chez toi ?

— Tu veux amener une fille dans ma maison ? Et sans doute faire du bruit ? Et manger de la nourriture humaine ? Bon sang, oui !

Ses yeux bleus brillent d'excitation. On dirait que cette licorne n'a pas l'habitude de recevoir des visiteurs. C'est sa faute : vivre sous un arbre n'est pas très chaleureux. Seuls les initiés peuvent trouver sa demeure.

— Pas de flirt, avertit Storm quand Blaze repart vers son trou.

Comment est-il passé par là ? Cette licorne semble vraiment trop grande pour ça.

— Oui, oui, je serai sage, marmonne Blaze qui se dissout dans un brouillard arc-en-ciel.

Il a définitivement le sens du drama. Quand on est une licorne, on a le droit d'être un peu m'as-tu-vu.

TROIS

Storm prend les devants et s'avance dans le brouillard à l'endroit où se trouvait le trou. Je m'attends à ce qu'il tombe, mais rien ne se passe. On dirait qu'il se tient toujours sur la terre ferme. Bizarre. La magie est tellement étrange !

— Regarde, et apprends, dit-il en souriant, puis il tape une fois avec son pied droit.

Et il s'enfonce dans la terre.

C'est comme s'il se tenait dans un ascenseur qui descend lentement. Il reste debout, patiemment, observant ma réaction alors qu'il descend de plus en plus bas. Lorsqu'il n'a plus que la tête hors du sol, il me fait un clin d'œil. Storm s'amuse, c'est clair. Vais-je voir le Storm enjoué se manifester davantage aujourd'hui ? Je l'espère vivement. Il s'est montré très sérieux ces derniers temps, reprenant son ancien rôle au palais. Il mérite de s'amuser. De préférence avec moi sur une couverture. Sans la licorne.

— Tu veux être la suivante ? me demande Crispin, et je hoche la tête, sans trop savoir si je dois avoir hâte ou non.

Cela ne semble pas aussi amusant que les toboggans des tours du palais. Je m'avance dans le brouillard, craignant presque que le trou ne soit revenu. Mais non. Je suis debout sur quelque chose de dur. Plus dur que le sol, d'ailleurs. Peut-être du bois ou de la pierre ?

Comme Storm, je tape du pied droit… et rien ne se passe. Je lance un regard interrogateur à mes gardiens.

— Essaie peut-être plus fort ? suggère Frost. Storm est bien plus lourd que toi.

Je tape à nouveau du pied, de toutes mes forces. Cela fonctionne. Le sol vibre, puis je suis lentement transportée vers le bas.

Les ténèbres m'attendent. C'est un long ascenseur qui m'entraîne de plus en plus bas. Qui a déjà entendu parler de licornes vivant sous terre ? Peut-être est-il excentrique, même pour une licorne ?

Cela prend plusieurs minutes et je commence à m'ennuyer. Oui, je préfère nettement les escaliers glissants. Je les ai tous essayés au cours des deux dernières semaines, et j'ai découvert qu'ils ont tous des vitesses et des courbes différentes. C'est ce que je préfère dans la vie au sein du palais de ma mère.

Enfin, la plateforme sur laquelle je me trouve s'arrête. J'en descends et regarde autour de moi. Il fait noir partout, à l'exception d'une faible lumière au loin. Je me dirige prudemment vers elle, un peu agacée que Storm ne m'ait pas attendue. Le sol est inégal, et j'aimerais vraiment avoir une lampe. Ou un gardien, l'un ou l'autre.

— Storm ? l'appelé-je.

— Par ici ! me répond-il.

Il est proche, et je marche en direction de sa voix. L'endroit s'éclaire peu à peu et mes pas deviennent plus assurés. C'est comme si les murs eux-mêmes émettaient une faible lueur. Bioluminescence ? Magie ?

— Je suis juste au coin ! me crie-t-il.

Pourquoi se cache-t-il de moi ? N'aurait-il pas pu attendre ? Je grommelle à mi-voix, je prends le virage, et…

Waouh.

Imaginez un arc-en-ciel piégé dans une grotte de miroirs, se reflétant à l'infini. Ajoutez ensuite un gardien sexy assis par terre avec un panier de pique-nique, brandissant une bouteille de quelque chose qui ressemble à mon vin rouge préféré. Et pour couronner le tout, il y a des fraises dans un bol sur la couverture de pique-nique.

Waouh. C'est le summum du romantisme. J'ai envie de me jeter sur lui et… non. Attendons les autres.

— Tu as perdu ta langue ? demande Storm en ouvrant la bouteille avec un petit « pop ».

— Où est Blaze ? lui demandé-je, cherchant la licorne autour de moi.

Si je commence à me montrer tactile, je ferais mieux de m'assurer qu'il n'y a pas de témoins.

— Il est allé se chercher de la nourriture dans le garde-manger. Même s'il fait semblant d'aimer la nourriture humaine, il ne peut pas la digérer, m'explique-t-il en me faisant signe de m'asseoir à côté de lui.

— Les autres viennent-ils ? m'enquiers-je, trouvant un peu étrange qu'ils ne soient pas déjà là.

— Oui, dans un instant. Je voulais te parler une seconde, rien que nous deux.

Je m'assieds sur la couverture en face de Storm, le regardant avec curiosité. Ses paroles sont vraiment inquiétantes… Devrais-je avoir peur ? S'agit-il d'une mauvaise nouvelle ?

— D'accord… que se passe-t-il ?

Je croise les jambes et tente de paraître à l'aise malgré la tension qui règne en moi. Ce n'est jamais bon signe quand les gens disent qu'ils veulent parler.

— Je suis désolé de n'avoir pas été très présent ces derniers temps, commence-t-il, et je hoche la tête.

Oui, il a raison sur ce point. Il a été souvent absent.

— J'en ai parlé à ta mère.

— Tu as fait quoi ?

Je le regarde, bouche bée. Pourquoi parlerait-il de notre vie privée à Beira ?

— Elle m'a autorisé à réduire mon temps de travail pour pouvoir passer plus de temps avec toi. Il en va de même pour les autres. Mais je veux établir des règles. Chacun d'entre nous peut passer un peu de temps seul avec toi. Nous pouvons être tous ensemble le soir ou pour des excursions comme celle-ci, mais je veux plus de toi. J'ai besoin de plus de toi.

Il a un regard de braise. Waouh. Est-ce qu'il vient de dire qu'il a besoin de moi ?

— Tu m'as manqué aussi, avoué-je doucement, sans trop savoir quoi répondre.

Je n'ai pas beaucoup d'expérience dans ce genre de discussions concernant les relations. D'habitude, j'essaie d'en rire et de changer de sujet. Mais, à l'évidence, Storm est très sérieux.

— Quand tu dis que tu as besoin de temps seul à seul… tu es toujours d'accord pour que je sois avec, tu sais… vous tous ?

J'ai un peu peur de sa réponse. S'il dit non, j'ignore totalement quoi faire.

— Oui, je le suis toujours, répond-il, et je laisse échapper un soupir de soulagement. Mais il m'arrive parfois d'être jaloux quand je sais que tu es avec les autres et que je dois travailler. Je ne veux pas être celui avec qui tu es le moins. Je veux être celui avec qui tu passes le plus de temps.

Il sourit d'un air penaud.

— Ne serait-ce pas injuste envers les autres ? lui demandé-je en lui renvoyant son sourire.

— Oui, probablement. Mais, comme je suis le chef, on s'en fiche. Sur ce, il se lève, contourne le panier de pique-nique et s'agenouille devant moi.

— Cela ne fait pas très longtemps que nous nous connaissons, mais le lien qui nous unit donne le sentiment du contraire. Je me sens… Je ne sais pas comment le dire… bizarre quand je ne suis pas près de toi.

— Anxieux ? tenté-je, mais il secoue la tête. Je pense à ce que j'ai ressenti récemment.

— Comme s'il manquait quelque chose à l'intérieur de toi ?

Il me regarde d'un air étrange.

— Oui. C'est exactement ça. C'est comme si j'étais attiré par toi, où que je sois. C'est très étrange, comme si j'avais une boussole en moi qui pointait vers toi. C'est très distrayant.

— Ne m'en parle pas, murmuré-je. J'ai quatre de ces boussoles.

Maintenant qu'il a utilisé cette image, je constate à quel point elle correspond à la réalité. Chaque fois que je me suis retrouvée seule, je me suis sentie mal à l'aise. Et c'est souvent arrivé ces derniers temps. Nous avons tous été très occupés…

— Aussi mignons que vous soyez tous les deux, je commence à avoir faim, lance Blaze derrière nous, nous interrompant.

Je rougis. Qu'a-t-il entendu ? Je ne suis pas sûre d'aimer cette licorne flamboyante. Il est un peu *too much*.

— Les gars, vous pouvez entrer maintenant ! s'écrie Storm, et les trois autres gardiens entrent dans la grotte arc-en-ciel quelques instants plus tard.

Maintenant que tout le monde est là, nous sommes un peu à l'étroit. Blaze n'est pas tout à fait une petite licorne.

— Des fraises ! s'exclame Crispin qui en met aussitôt une dans sa bouche.

Je vois déjà qu'il faut que je les mange rapidement. Les fraises sont ce que je préfère. Et c'est une bonne surprise de découvrir qu'elles existent dans le royaume. Je me demande s'ils ont des serres quelque part ? Ou les importent-ils de la Terre ? Il me reste tant à apprendre sur le fonctionnement de cet endroit. Jusqu'à présent, je ne me suis jamais posé la question de savoir d'où venait la nourriture qui nous est servie au palais. Mais il n'y a pas de champs pour y faire pousser quoi que ce soit ; la neige perpétuelle empêche les gens d'ici de cultiver quoi que ce soit.

Arc s'assied à côté de moi et me rapproche jusqu'à ce que je m'appuie contre son épaule. Il est agréable et chaud, et malgré ses muscles durs, il est vraiment très confortable.

— Tu aimes cet endroit ? me demande-t-il, souriant alors que des lumières arc-en-ciel se reflètent sur le verre qu'il est en train de remplir de vin.

— C'est inhabituel, argué-je avec diplomatie. Cela me rappelle la grotte de mon cœur, où vit ma magie.

— Oui, ton étrange magie. Est-ce plus facile de la gérer ?

Je secoue la tête, car je ne veux pas lui mentir.

— Pas vraiment.

— Je crois que nous avons besoin de quelques séances d'entraînement, dit-il avec un sourire et un clin d'œil.

Je ne suis pas sûr que ses leçons porteront uniquement sur ma magie.

— Mais, d'abord, voyons ce qu'il y a d'autre dans le panier.

— Laisse-moi faire, me dit Storm.

Il sourit et se sert de sa magie du vent pour faire flotter le contenu du panier jusqu'à sur la couverture. J'admire sa maîtrise et sa précision. J'aurais sans doute détruit toute la nourriture, ou je l'aurais projetée contre le plafond de cristal. Oui, il va falloir que je m'entraîne.

Il y a plusieurs saladiers de nourriture, y compris certains de mes plats préférés. Salade de pommes de terre, samossas, petits gâteaux à la cannelle avec une épaisse couche de glaçage, boulettes de viande… J'ignore comment toute cette nourriture est arrivée dans le panier. Par magie, très probablement. La plupart des saladiers n'ont même pas de couvercle. Bizarre.

Une boulette de viande flotte vers moi. Storm sourit et j'ouvre la bouche pour la laisser entrer, mais elle est trop grosse et manque de tomber. Il rit et les autres aussi. Soudain, il est de très bonne humeur. J'aime le voir ainsi. C'est peut-être parce qu'il se trouve dans une grotte arc-en-ciel, ou parce que cela lui rappelle le temps que nous avons passé sur cet arc-en-ciel… J'ai chaud et je rougis rien qu'en pensant à ce moment où j'étais avec eux tous, à l'exception de Crispin.

Je regarde mon gardien blond. Il se réserve la salade de carottes, serrant le bol avec un sourire malicieux. Pour une raison que j'ignore, il aime la nourriture saine. Encore une chose que je ne comprends pas chez Crispin. Il est un véritable mystère, et se cache derrière ses sourires et ses clins d'œil. J'espérais qu'il s'ouvrirait un peu plus maintenant que nous sommes hors de danger, mais ce n'est pas le cas. L'idée que Storm a eue de me laisser passer un peu de temps seule avec chacun d'entre eux est sans doute une bonne chose en ce sens. Je pourrais me rapprocher un peu plus de Crispin… ou au moins comprendre pourquoi il me repousse sans cesse.

— Qui veut des *sparklies* ? demande Blaze et les gars gémissent en réponse.

— Des *sparklies* ? répété-je, me tournant vers la licorne qui se pavane avec excitation.

— Oui, des *sparklies* ! Ne me dis pas que tu n'as pas entendu parler des fameux *sparklies* de Blaze ?

— J'ai bien peur que non, énoncé-je, ignorant à quel point ces trucs sont célèbres.

À en juger par les expressions de mes gardiens, Blaze est le seul à penser qu'ils le sont.

— Touche ma corne ! me demande la licorne.

Confuse, je regarde Blaze, ignorant les sous-entendus cachés dans sa voix séductrice.

— Pourquoi ?

— Pour sentir les *sparklies*, bien sûr !

Je regarde Storm, qui hoche la tête avec un sourire.

— Juste un peu, lance-t-il à Blaze en guise d'avertissement, et la licorne baisse la tête.

Je tends la main pour toucher sa corne, et une étrange sensation s'empare de moi. C'est comme si la félicité, le bonheur et la satisfaction avaient fricoté et avaient donné naissance à un enfant qui s'accroche maintenant à ma poitrine. C'est peut-être ce que l'on ressent quand on prend de la drogue ? Je gémis, j'ai la tête qui tourne, et mes seins se durcissent. Est-ce censé se produire ? Je m'en fiche, c'est agréable. Pourquoi personne ne m'a donné de *sparklies* avant ? Pourquoi n'ai-je jamais rencontré de licorne ? Pourquoi ne vis-je pas avec elle dans cette magnifique grotte arc-en-ciel ? Je devrais emménager. Je devrais aimer la licorne comme j'aime mes… Oh.

— Je crois que tu lui en as donné un peu trop, dit la voix sévère de Crispin, qui traverse mon brouillard de bonheur. Elle a l'air défoncée.

— Pas défoncée, juste heureuse, marmonné-je et je me blottis contre lui quand il me prend dans ses bras. Tu es confortable.

Il éclate de rire.

— Heureux de l'entendre.

— Je crois que je t'aime. Et les *sparklies*. J'aime les *sparklies*.

— Qu'est-ce que tu lui as fait ? demande Storm, dont la voix n'est pas aussi drôle que je le souhaiterais. Est-ce que tu lui en as trop donné ?

— Souris ! demandé-je, mais il m'ignore.

— Blaze, quoi que tu aies fait, annule ça, grogne-t-il, m'observant d'un air étrange.

Je tends la main et touche sa joue.

— Tu n'es pas aussi doux que Crispy.

Le gardien qui me tient gémit.

— Est-ce que tu viens de dire que j'étais doux ?

Je ris.

— Oui, doux, confortable et beau. Stormy est plus dur. Il devrait sourire davantage.

— Blaze ! s'énerve Storm, qui m'ignore toujours. Arrête-la.

— Tu es tellement ennuyeux ! soupire la licorne.

Puis il hennit, et tout mon bonheur s'évanouit. Les étincelles que je voyais flotter dans l'air tout autour de moi disparaissent, tout comme la sensation de chaleur dans mon ventre. La réalité s'abat sur moi.

Oh.

Qu'est-ce que je viens de dire ?

Qu'est-ce qu'il m'a fait ?

Cette licorne va mourir.

Je me lève de ma position confortable sur les genoux de Crispin et regarde mes gardiens autour de moi. Aucun d'entre eux ne croise mon regard. Sont-ils gênés ?

Comme je l'ai dit, cette licorne va mourir.

— Blaze, c'était quoi tout ça ? lui demandé-je, tâchant de rester calme et posée.

— Était-ce amusant ? demande-t-il avec enthousiasme. J'en ai d'autres en réserve.

— Savais-tu que cela m'affecterait ainsi ?

Il rougit, car oui, les licornes peuvent rougir.

— Je croyais qu'en tant que déesse, tu aurais besoin du double de la dose normale. Je me suis peut-être un peu fourvoyé à ce sujet.

Je lui jette un regard perçant, celui que j'ai appris de ma mère.

— Donc, normalement, les gens n'agissent pas comme je l'ai fait ?

Ils échangent tous des regards.

— Non, c'était une réaction plutôt inhabituelle, dit finalement Frost. La plupart des gens se sentent juste un peu plus heureux qu'avant, pas autant que toi. Et je ne sais pas si j'ai aimé te voir comme ça ou pas. Je rougis tandis qu'il se tourne vers Blaze.

— Tu as définitivement dépassé les bornes. C'est l'héritière du trône de l'Hiver, et tu l'as fait agir comme une adolescente droguée. Tu auras de la chance si nous ne le disons pas à sa Majesté.

La licorne fait la moue.

— J'ai cru que vous apprécieriez. Ce n'est pas ma faute si elle n'a l'habitude de rien.

— Attends, tu as supposé que j'avais l'habitude de me droguer ? lui demandé-je, incrédule. Quel genre de personne crois-tu que je suis ?

Blaze soupire.

— Apparemment, pas le genre que je pensais. Mais peut-être pourrions-nous oublier cet incident et manger un peu ?

— Ne crois pas que j'oublierai, grogne Storm. Tu nous es redevable, Blaze.

— Que diriez-vous d'une glace ?

La licorne essaie de changer de sujet, mais elle tressaille en voyant les yeux perçants de Storm.

— D'accord, d'accord, je vais vous laisser un peu tranquille.

Il disparaît dans un nuage de brume arc-en-ciel.

— Est-ce qu'il est vraiment parti, ou est-ce qu'il écoute toujours ? demandé-je avec prudence.

Je commence à penser que cette licorne est capable de faire n'importe quoi.

— Il ne pourra pas écouter, explique Storm.

— Il est capable de disparaître de façon étincelante, mais il doit réapparaître ailleurs assez rapidement. Donc il ne flotte pas dans les parages.

Je soupire de soulagement.

— Toutes les licornes sont-elles comme lui ?

Crispin s'esclaffe.

— C'est le seul que nous connaissons, alors je ne peux pas te donner d'avis éclairé à ce sujet. Ce sont des créatures solitaires et ce n'est que par hasard que nous avons fait la connaissance de Blaze. Je pense que nous sommes les seuls gardiens qu'il a accueillis chez lui. Je suppose que c'est un honneur, mais... il est assez difficile à gérer.

— Ne m'en parle pas ! demandé-je, frissonnant au souvenir de mon comportement de droguée.

Je ne me souviens plus très bien de ce que j'ai dit, mais je suis presque sûre que ce n'était pas ce que j'aurais voulu qu'ils sachent.

— Quoi qu'il en soit, si nous suivions son conseil et que nous mangions un peu ? propose Frost, qui mange déjà une cuisse de poulet.

— Oui, bonne idée, acquiesce Arc en rapprochant de lui le bol contenant les boulettes.

Je suis presque sûre que je ne les reverrai pas. Quand Arc choisit un plat, il n'appartient qu'à lui. Il ne fait pas de quartier quand il est question de manger. C'est l'une des nombreuses choses que j'aime chez lui. C'est mignon, même si c'est parfois agaçant. Heureusement, il y a suffisamment d'autres choses étalées sur notre couverture de pique-nique. Elles ne me manqueront pas, même si je me sers de ma magie de l'air pour en faire flotter une hors du bol et la mettre dans ma bouche, afin de marquer le coup.

— Bien joué, dit Storm en souriant. Parfaite maîtrise.

Waouh. Oui, effectivement. Je l'ai fait de manière tellement instinctive que je n'ai même pas remarqué le peu d'effort que cela me demandait. Ma magie est vraiment étrange. Un jour, elle fait exactement ce que je veux, le lendemain, elle me résiste de toutes ses forces. Ou elle transforme mon intention en quelque chose de beaucoup plus destructeur. Comme la fois où j'ai voulu dégeler l'étang dans l'une des cours du palais. J'ai dû appeler un guérisseur pour les brûlures subies par certains passants. Je ne recommencerai pas…

— Peut-être que je n'aurai pas besoin de ces leçons, après tout, me vanté-je en transportant une autre boulette vers moi à l'aide de ma magie. Avant qu'elle n'atteigne ma bouche, Crispin l'attrape.

— Je pense que tu as besoin de quelques leçons en matière de protection de boulettes, dit-il en riant, mordant à pleines dents la nourriture qu'il a volée.

Je lui donne un petit coup de coude : ce n'est pas comme si j'avais vraiment un penchant pour les boulettes. Il y a des fraises, après tout.

Pourtant, il gémit quand je le frappe. Frost rit bruyamment.

— Toi, tu as besoin de leçons pour protéger tes propres boulettes.

Crispin grogne.

— Elles sont bien protégées, merci beaucoup. Wyn est le seul danger pour elles. N'est-ce pas, princesse ?

— Seulement si tu m'agaces, rétorqué-je en mordant dans une fraise juteuse.

Arc grimace.

— Tu es effrayante comme ça.

Je le regarde, confuse.

— Effrayante ? Moi ?

— Tu parles de ses boulettes et tu mords dans quelque chose d'aussi tendre, explique-t-il avant de secouer la tête. Ce n'est pas bon signe !

Je ris.

— Sommes-nous vraiment en train de comparer les testicules de Crispin à des fraises ? Est-ce l'influence de la licorne ?

— Non, nous sommes simplement nous, répond Frost en riant. Nos plaisanteries m'ont manqué. Il y a toujours des trucs ennuyeux comme le travail, ou les démons. Nous avons besoin de plus de temps ensemble.

— Je suis tout à fait d'accord.

J'acquiesce tout en essayant de cacher le jus de fraise qui vient de couler sur mes vêtements. Heureusement, il y a un bon panier à linge magique au palais. Vous y mettez vos vêtements et ils en ressortent parfaitement lavés et repassés. Ils ont même réussi à effacer les taches de sang que j'ai faites au cours de mes quelques séances d'entraînement.

J'aurais aimé connaître ce sort de nettoyage des vêtements lorsque je vivais sur Terre avec mes parents. Cela aurait rendu mes corvées bien moins pénibles. Je me demande ce qu'ils font maintenant. Est-ce que je leur manque ? Sont-ils en colère contre moi pour avoir détruit leur maison ? Me pardonneront-ils ? Et s'ils ne veulent plus me voir ? Et si je n'avais jamais l'occasion de m'excuser ?

Je m'éclaircis la voix. J'ai l'impression de m'étrangler.

— Pourquoi as-tu l'air si triste tout à coup ? me demande Storm, une pointe d'inquiétude dans le regard.

— Je pense à mes parents, marmonné-je, un peu gênée par ce soudain afflux d'émotivité.

— Je suis sûr qu'ils vont bien, me rassure Crispin en me caressant doucement le dos.

Ses mains sont chaudes. Je me laisse aller contre lui. À cet instant, j'aurais vraiment besoin d'un câlin.

— Beira a dit qu'il n'y avait pas de moyen facile de les contacter. C'est trop dangereux de leur envoyer quelqu'un en ce moment, après les démons du Calanais. Il se peut que certains y soient retournés, dit-elle, et elle ne veut pas prendre le risque qu'un de ses gardiens soit blessé. Mais j'ai besoin de savoir s'ils vont bien.

Je termine ma dernière phrase dans un murmure. J'ai l'air faible et je déteste cela. Maintenant, plus que jamais, j'ai besoin de me présenter comme une princesse, pas une jeune femme émotive.

— Je connais peut-être un moyen, dit Arc à voix basse. Cependant, ce n'est pas tout à fait légal.

— Qu'est-ce que c'est ? s'enquiert Storm, fronçant les sourcils à l'idée de contrevenir à la loi.

Il est l'un des gardiens les plus haut placés de la reine, il est donc probablement censé suivre les règles.

— Tu es sûr de vouloir savoir ?

— Peut-être pas. Dis-le à Wyn, et elle décidera si elle doit nous le dire, aux autres et à moi, répond Storm en souriant. Déni plausible.

— Tu sais que ma mère est la loi et que je dois en quelque sorte la suivre aussi ?

Je garde à l'esprit que ma mère a dû suivre ses propres règles et m'envoyer sur Terre à ma naissance. Il y a des lois à respecter, même en tant que reine. Ou son héritière.

— Ce n'est pas si terrible, ma belle, rassure Arc en riant. Dois-je te le chuchoter ?

J'acquiesce et quitte la chaleur des genoux de Crispin pour rejoindre ceux d'Arc. Il passe les bras autour de ma taille et me rapproche de lui jusqu'à ce que son souffle soit chaud sur mon oreille.

Il me chuchote alors son secret et mes yeux s'écarquillent. Cela risque d'être vilain.

Attendre une semaine, c'est presque de la torture. À moins que je ne trouve une distraction.

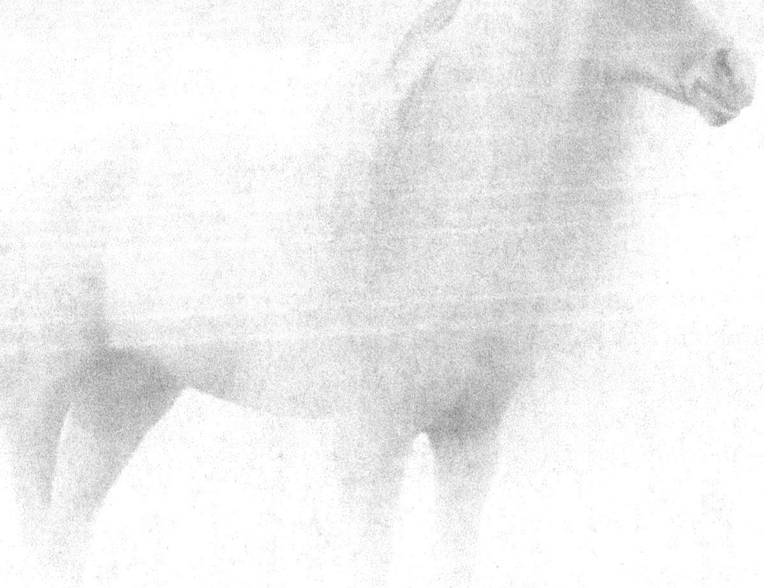

CHAPITRE

QUATRE

Je ne sais pas pourquoi les petites filles veulent être des princesses. C'est vraiment très ennuyeux. Et inconfortable. Du moins, les robes qu'on m'oblige à porter le sont. Aucune dose de magie ne pourra persuader ma taille d'entrer dans le corset qu'une des servantes essaie de m'imposer. Mon corps n'est pas fait pour ce genre de vêtements féminins. Je veux quelque chose d'ample, de confortable, pas ces robes contraignantes, serrées et peu flatteuses. Malheurcusement, je suis la seule à être de cet avis. Ma mère, avec ses gènes de déesse, porte tout ce qu'elle veut sans effort, un jour avec une taille minuscule et le lendemain avec des courbes à tous les bons endroits. C'est comme si elle pouvait changer d'apparence à volonté.

Ce n'est pas mon cas. Je suis coincée avec mes hanches osseuses et mes seins qui ne sont pas assez petits pour le corset, mais suffisamment petits pour avoir l'air bizarre dans certaines robes à décolleté profond. Je suis tentée de demander à ma mère des pantalons et des sweats à capuche. Tout ce que j'ai obtenu jusqu'à présent, c'est de pouvoir choisir les couleurs de ma garde-robe. Ce sont de petits pas, même si je suis la princesse.

Lorsque je me promène dans le palais, il y a toujours des gens qui me suivent, attendant des instructions. Ou pour entendre les derniers commérages. Ou pour me raconter les derniers potins. En fait, ils veulent de l'attention, et pensent que je peux la leur apporter. Je suis en train de devenir un expert en hochements de tête neutres, en sourires polis et en petits signes de la main. On m'a même amené des enfants pour qu'ils soient bénis. J'ignorais totalement ce que je devais faire lorsqu'on m'a mis ce bébé dans les bras. Je n'y connais rien aux enfants, et encore moins à la façon de bénir quelqu'un. Ma mère est une déesse avec des pouvoirs de création, mais pas moi. Je ne suis que sa progéniture, mi-gardienne, mi-déesse. Tout ce que j'ai, c'est un peu de magie, mais rien de comparable aux pouvoirs de ma mère.

Ensuite, il y a des personnes qui demandent mon avis. Je ne suis pas membre du Conseil de ma mère, et c'est très bien ainsi. Il me faudra un certain temps pour m'habituer à la politique de cet endroit, aussi peu familière soit-elle. Mais certains de ses courtisans semblent penser qu'ils feraient mieux de commencer tôt. Ils me flattent, m'envoie des cadeaux, ils se font passer pour plus importants qu'ils ne le sont en réalité. La plupart du temps, je vois clair dans leur jeu. Parfois, je dois demander à mes gardiens ou à Tamara de découvrir ce que ces personnes attendent de moi. Et même si mes amis ne le savent pas, ils ne valent probablement pas la peine que je leur consacre du temps. Sinon, je passerais mes journées à recevoir des nobles et à écouter des commérages. Aussi amusant que cela puisse être, j'ai mieux à faire. Comme passer du temps avec mes gardiens.

Je sors avec Storm ce soir. C'est la première fois que nous serons seuls depuis notre arrivée dans le royaume. Je crois que c'est un rencard… j'espère que c'en est un. Mais quand je repense à la chaleur de ses yeux dans la grotte de la licorne, je serais surprise qu'il s'agisse d'une simple discussion entre amis.

— Vous devez rentrer votre ventre et retenir votre respiration pendant que je fais cela, Votre Altesse, me dit la femme de chambre alors que je repousse le corset une fois de plus.

Il n'est pas compatible avec mon corps.

— Je pense que Storm va devoir m'accepter sans corset, proclamé-je, et elle halète, choquée. Il m'a déjà vue sans. Ce n'est pas comme si beaucoup de gens en portaient sur Terre.

— Mais, maîtresse, c'est la mode ici…

— Suis-je la princesse ? lui demandé-je, et elle devient très silencieuse.

Je déteste être comme ça, mais à cet instant, c'est nécessaire.

— Oui, je suis désolée, Votre Altesse. Pardonnez-moi.

— C'est pardonné. Maintenant, vous pouvez y aller, je vais choisir quelque chose d'autre à porter. Je n'aurai pas besoin de votre aide pour cela.

Elle se hâte de partir, me lançant des regards très déçus. Elle espérait sans doute être félicitée par l'héritière du trône de l'Hiver, peut-être même que je la choisisse pour être ma servante personnelle. La plupart des filles qui font ce travail sont les mêmes. Mais je ne veux pas de femme de chambre, je ne veux pas de domestique. J'ai l'habitude de m'occuper seule de ma garde-robe. Et je déteste les corsets. Qu'y a-t-il de si difficile à comprendre ?

Je soupire en regardant mon armoire. Il n'y a pas grand-chose d'utilisable là-dedans. J'ai décidé de ne pas porter de robe. Je veux ressembler à ce que j'étais quand Storm a appris à me connaître : humaine. Ou peut-être pas humaine, mais normale.

Pas une princesse. Rien que moi, Wyn, la femme d'Édimbourg qui a des problèmes avec sa magie et qui est amoureuse de quatre hommes au lieu d'un seul. Pourquoi les autres ne peuvent-ils tout simplement pas l'accepter ? Je ne suis pas l'un d'entre eux, pas comme ma mère. Je n'ai pas grandi ici, on ne devrait donc pas s'attendre à ce que je m'intègre.

Je n'ai qu'une seule façon de m'en sortir : Tamara.

Je sonne la cloche située à côté du cadre en marbre de la porte. Elle n'est reliée à rien, mais d'une manière ou d'une autre, Tamara en sera informée. La magie. Comme toujours.

Un instant plus tard, elle frappe à la porte, mais avant que je puisse lui dire d'entrer, elle entre dans la pièce, le sourire aux lèvres.

— Comment puis-je vous aider, *lady* ?

— Arrêtez avec vos « *my lady* ». J'ai besoin d'un jean. Et d'un t-shirt normal. Et de chaussures sans talons. De vêtements humains sans fioritures ni tissus superflus. J'ai besoin de faire une pause de toutes ces robes.

Elle m'adresse un sourire complice.

— Comme vous le voulez. Mais votre mère ne sera pas contente. Les femmes de chambre non plus. Elles ont planifié votre garde-robe pour les prochains mois, et ont tiré au sort qui vous habillera.

Je frémis.

— C'est de la torture, murmuré-je. Je ne pensais pas que je me ferais torturer ici. D'une manière ou d'une autre, ces filles parviennent à me tuer lentement avec chaque robe.

— Allez, ce n'est pas si grave, dit Tamara en riant. Et vous ne pouvez pas me dire que vous n'avez pas remarqué les regards que vos hommes vous lancent lorsque vous portez une de ces robes. Surtout la bleue foncée transparente.

Oh oui, je m'en souviens. Le seul endroit où le tissu n'était pas semi-translucide était une zone au-dessus de mes seins, et autour de ma taille. Pas étonnant que mes garçons l'aient appréciée. Ils l'auraient encore plus aimée si je l'avais retirée, mais bien sûr, ils devaient travailler, alors je me suis retrouvée seule dans ma jolie robe.

Le métier de princesse, ça craint, parfois.

*
**

JE RETROUVE Storm dans l'une des cours. Il ne porte pas de chemise et ses ailes sont exposées, scintillant dans le soleil de l'après-midi. Elles sont aussi larges que lui et tout aussi fortes. Ici, dans le royaume, la différence entre les gardiens et les humains est évidente. Ils ressemblent davantage à des anges. Même aujourd'hui, alors qu'il passe d'une position de combat à une autre, il y a quelque chose d'angélique chez lui.

À chaque pas, ses muscles ondulent. Mes doigts se crispent lorsque j'imagine passer mes mains sur son dos, son torse…

— Cesse de me dévisager ! me crie-t-il soudain, sans même me regarder. A-t-il des yeux derrière la tête ?

Gênée, je sors de l'ombre et m'approche de mon gardien. L'homme qui a dû apprendre à sourire, mais qui est beaucoup plus détendu depuis que nous ne sommes plus confrontés à des démons au quotidien. Il plaisante même de temps en temps, me surprenant encore à chaque jeu de mots. Il a un bon sens de l'humour, même s'il ne le montre pas souvent. Il pense probablement devoir maintenir son image de leader. Et, pour être honnête, j'aime bien son côté dominateur.

— Si tu ne veux pas que je te regarde, tu devrais mettre une chemise.

Il se retourne, me dévoilant le haut de son corps luisant.

Il doit s'entraîner depuis un certain temps.

— Pourquoi ferais-je ça ? demande-t-il en s'avançant lentement vers moi. J'aime voir ce regard dans tes yeux.

— Il y a une seconde, tu m'as demandé de ne pas te fixer.

— Oh ! C'était une erreur. Regarde-moi autant que tu le souhaites.

Il me présente ses magnifiques ailes couleur saphir et les secoue avant de les replier dans son dos. Je sais que si je passais derrière lui, elles auraient disparu. Je n'arrive toujours pas à comprendre comment nos ailes sont là, et pas en même temps. Où vont-elles lorsque nous ne les utilisons pas ? Surtout les siennes, qui ne semblent pas aussi translucides et légères que les miennes.

Storm agite les mains et une brise se met à souffler autour de lui, séchant sa peau en quelques secondes. Une chemise noire qui se trouvait par terre flotte et il l'enfile, me cachant cette vue splendide.

— Je n'ai plus le droit de te regarder ? demandé-je, déçue.

— Plus tard, promet-il avec un clin d'œil. D'abord, nous avons notre rencard.

— Allons-nous voler quelque part ?

— D'une certaine manière…

Il sourit, et j'en ai des papillons dans le ventre. Il va m'affaiblir et me rendre dépendante, avec ce regard. Celui qui me promet feu et passion.

Soudain, il me serre dans ses bras, et je me fonds dans son étreinte.

— Accroche-toi bien ! me murmure-t-il avant qu'un vent rugissant ne nous entoure.

La température du corps de Storm me réchauffe malgré les deux couches de tissu qui nous séparent. Nous pourrons peut-être nous en débarrasser plus tard.

Le vent se renforce jusqu'à ce que nous soyons soulevés du sol. Mes cheveux tourbillonnent autour de ma tête, alors je plaque mon visage contre le torse de Storm pour qu'ils ne m'arrivent pas dans les yeux. En dépit du bruit de la tempête, c'est plutôt confortable, d'être blottie contre mon gardien. Avec lui, je me sens en sécurité, même les moments où j'y suis déjà. Ne me demandez pas comment cela fonctionne, mais j'aime ça.

Nous prenons de la vitesse à mesure que nous nous élevons. Je frissonne dans le vent froid, mais un instant plus tard, l'air autour de moi se réchauffe. Storm a dû le remarquer. Quelle prévenance !

Nous atterrissons doucement sur une surface lisse. J'ouvre les yeux, constatant seulement maintenant que je les avais fermés pendant tout le vol. Pas par peur, mais parce que c'était plus confortable. Je lui faisais confiance pour ne pas me laisser tomber.

Je me dégage de l'étreinte de Storm et regarde autour de moi. Nous sommes sur une tour au bord du palais, mais celle-ci est différente de toutes les autres. Elle est faite d'un matériau d'un blanc étincelant, du marbre, peut-être ? La pierre est parcourue de fines veines d'argent qui la font scintiller davantage sous la lumière pâle du soleil qui caractérise ce royaume.

Cette tour ne semble pas avoir de sortie. Pas d'escalier, pas même une trappe. Rien qu'une grande plateforme entourée de rambardes en marbre. Pas étonnant que nous ayons dû voler jusqu'ici. Qui construit une tour dont on ne peut pas sortir par le bas ? C'est étrange.

L'endroit où nous nous trouvons mesure environ la moitié de la grande salle du palais, ce qui signifie que c'est immense. Au centre, une table et deux chaises nous attendent. Storm a vraiment organisé un véritable rencard pour moi ? Avec un repas, une vue, et du romantisme ?

Waouh. J'ai besoin de me pincer. Cela ne lui ressemble pas du tout. A-t-il demandé à l'un des autres gardiens de l'aider à planifier cela ? Ou peut-être à Tamara ? Je l'imagine en train de lui donner des conseils sur la façon d'organiser un bon rendez-vous. Apparemment, il a écouté.

Je m'avance vers la table, et Storm me suit. Ce n'est que maintenant que je vois les pétales de roses blanches sur le sol. Vraiment ? C'est presque exagéré. Je n'ai jamais eu de tel rencard. En général, les hommes m'emmenaient dans un café, ou dans un bar pour boire un verre, s'ils étaient intéressés. Avoir des bretzels salés, c'est le summum du bon rendez-vous sur Terre. Mais là, c'est... spécial.

Magnifique.

Incroyable.

Sur la table se trouvent une bouteille et deux flûtes à champagne, ainsi qu'une coupe de fraises.

Je me retourne et regarde Storm avec étonnement.

— Des fraises ?

Il sourit.

— C'est difficile de ne pas remarquer à quel point tu les aimes.

Il se place derrière l'une des chaises en fer forgé et la recule un peu, me faisant signe de m'asseoir. Waouh. Storm, le gentleman. C'est comme s'il avait fait ça des milliers de fois. Ce qui me fait penser... Peut-être est-ce le cas ? Combien de rendez-vous a-t-il eus ? Combien de filles y a-t-il eu ?

Arrête, Wyn. Ne va pas tout gâcher avec ce genre de pensées. Il a vécu longtemps, bien sûr qu'il y en a eu d'autres. Ce n'est pas parce que je n'ai que vingt-deux ans que mes gardiens aussi.

— Veux-tu un peu de vin ? me demande-t-il, et il remplit mon verre lorsque j'acquiesce.

Il s'assied en face de moi et prend son propre verre dans une main.

— À une belle soirée, dit-il, et nous trinquons.

Le vin est légèrement sucré, mais pas assez pour me donner mal à la tête demain. Oui, même les demi-déesses ont la gueule de bois. Puis nous restons assis en silence. Suis-je censée dire quelque chose ? De quoi devons-nous parler ? De la menace du roi de l'Été ? Des démons que nous avons tués ? De mon choix de robe ?

Pour masquer mon sentiment d'insécurité, je prends une fraise. Elle est juteuse, sucrée et parfaite.

— Savais-tu que tes yeux s'illuminent quand tu en manges ? demande Storm en souriant.

J'avale avant de répondre… oui, toute cette formation à l'étiquette de la princesse a porté ses fruits.

— Vraiment ? Cela signifie-t-il que je peux en manger davantage ?

Il hausse les épaules.

— Il y a un bol entier juste pour toi. Je ne suis pas un grand fan.

Je le regarde avec stupeur.

— Tu n'aimes pas les fraises ?

— Ce n'est pas que je les déteste. Simplement, elles me laissent indifférent. Il existe de meilleurs fruits. Comme des myrtilles, fraîchement cueillies après un épisode de neige. Ou des pommes trempées dans du miel. Ou… désolé, nous ne sommes pas vraiment ici pour parler de nourriture.

— Alors de quoi sommes-nous ici pour parler ? laissé-je échapper avant de pouvoir m'arrêter.

Il me regarde étrangement.

— De nous ? Et des autres, je suppose. Mais je ne suis pas certain qu'il était dans mes projets de beaucoup parler.

Mes maudites hormones ! Est-il vraiment en train de suggérer ce que je pense ?

— Et si nous mangions d'abord ? me demande-t-il, réduisant à néant mes pensées, où mon gardien pose ses lèvres sur les miennes.

Mais mon estomac gronde doucement, et je décide qu'il me faut un vrai repas. Ensuite, je pourrai me régaler de Storm.

— Ce serait formidable, assuré-je, glissant une autre fraise dans ma bouche.

Qui sait s'il les laissera sur la table lorsqu'il ajoutera d'autres choses, alors mieux vaut anticiper. J'en prends encore quelques-unes et les pose sur ma serviette.

Je lève les yeux et je vois Storm qui me sourit.

— Je n'allais pas te les enlever.

Je ris.

— On ne sait jamais. Tu pourrais les garder en otage en échange de faveurs.

— Cela signifie-t-il que tu ne m'accorderas pas ces… faveurs de ton plein gré plus tard ?

Je souris.

— Tout dépend de ce que tu veux exactement.

Il m'adresse un clin d'œil et mon ventre se liquéfie devant son regard suggestif.

— Tu le sauras bientôt. Mais d'abord, mangeons.

Il ferme les yeux un instant et une seconde plus tard, plusieurs bols apparaissent sur la table. Elle n'est pas faite pour supporter une telle quantité, et certains plats sont dangereusement près du bord. J'espère que ma maladresse ne provoquera pas un énorme accident avec des éclats de verre et de la nourriture renversée. Mais tant que je reste sur ma chaise, tout devrait bien se passer.

Storm ouvre l'un des bols et un nuage de vapeur s'en échappe, révélant six beignets parfaitement formés et recouverts de sucre en poudre. Grâce à mon expérience et à une longue conversation avec la cuisinière, je sais qu'ils sont remplis de graines de pavot et de confiture de prunes. La meilleure combinaison qui soit. Maintenant, il nous faudrait… Oui ! Mon gardien me tend un pichet rempli de crème anglaise. Parfait.

À ce stade, je devrais préciser que oui, j'aime la nourriture sucrée, et que je peux en manger à tout moment de la journée. Si cela ne tenait qu'à moi, les plats salés n'existeraient pas. Du tout. Donnez-moi des fraises et des beignets n'importe quand.

Storm n'a pas l'air du même avis que moi. Il a rempli son assiette d'un steak, de purée et d'une énorme flaque de sauce. Mais pas de légumes.

— Tu devrais manger des vitamines, conseillé-je d'un ton sévère en mordant une fraise. Tu vois, moi, j'en prends. Tu veux rester un gardien sain et fort.

Il ricane.

— Ne t'inquiète pas, je vais bientôt faire de l'exercice.

Je le regarde en écarquillant les yeux.

— Qu'est-ce qui t'est arrivé ? Est-ce que tu as croisé un incube ?

Je réfléchis un instant, essayant de me rappeler si j'ai lu des informations sur les incubes dans la bibliothèque de ma mère ou dans un roman sur Terre.

— Ils existent ?

Storm rit encore plus maintenant.

— Non, ils n'existent pas. Et je suis simplement un peu plus détendu que d'habitude. Et j'ai une bonne nouvelle, que j'attendais de t'annoncer. J'avais prévu de dîner d'abord, mais pourquoi pas maintenant... Ou peut-être plus tard.

Il s'arrête, et je le regarde d'un œil sévère.

— Dis-moi. Maintenant.

— Ta mère m'a accordé une semaine de congé. Je vais pouvoir passer beaucoup plus de temps avec toi.

Un sourire jaillit directement de mon cœur pour se poser sur mes lèvres. Plus de temps. Avec Storm. Finis les baisers volés quand nous nous croisons dans un couloir. Du temps pour pouvoir parler, nous amuser, et faire d'autres choses.

— Rien que toi, ou les autres aussi ? lui demandé-je, et mon sourire s'estompe lorsque je vois son expression s'assombrir.

Wyn, espèce d'idiote ! Ne lui rappelle pas qu'il y en a d'autres. Profitons de ce vrai rencard, rien que nous deux. Mais je ne peux tout simplement pas chasser mes trois autres gardiens de mon esprit et de mon cœur. Ils sont tous liés, et pas seulement à cause du lien que nous avons créé.

Je n'aurais jamais cru pouvoir aimer autant plusieurs personnes à la fois. Ma mère m'a dit que c'était possible, même si elle parlait d'aimer autant ses enfants que son partenaire. Mais de manière différente. C'est la même chose pour mes hommes, je les aime tous, chacun à leur manière.

— Nous tous, répond Storm d'un ton bourru. Mais nous nous sommes mis d'accord pour passer chacun une journée avec toi. Ce qui nous laisse trois jours pour être tous les cinq ensemble.

— Ça me plaît.

Je fais un effort supplémentaire pour raviver mon sourire afin qu'il voie à quel point j'apprécie le temps que je passe avec lui. Je veux qu'il se sente spécial. Après tout, c'est mon Storm. Mon magnifique, dur et sombre Storm. Je me souviens de notre première rencontre, et je ris.

— Qu'y a-t-il ? me demande-t-il, et je souris.

— J'étais juste en train de me rappeler ce que j'ai pensé quand je t'ai vu pour la première fois.

Il fronce les sourcils.

— Waouh, quel beau gardien ?

— Non. C'était plutôt, « qui est cet homme morose qui porte une cape ». Je suis ravie que tu ne portes plus ce truc, il te faisait ressembler à un Nazgûl.

— Un quoi ?

— Un spectre de l'Anneau ? Un cavalier noir ? Tu n'as jamais lu *Le Seigneur des Anneaux* ?

Il me regarde d'un air confus.

— Est-ce un livre humain ?

Je hoche la tête.

— Alors, bien sûr que non, je ne l'ai pas lu. Et, d'ailleurs, les capes sont très à la mode.

Je souris.

— Je n'ai vu personne ici en porter une qui ressemble à la tienne. Les capes des gardes sont beaucoup moins… lugubres.

— Je préfère le mystère. Sombre, mystérieux et séduisant.

Il passe une main dans ses cheveux et tente de me faire un clin d'œil séducteur. Il échoue. J'éclate de rire, et il grogne.

— Ne te moque pas de mon côté mystérieux.

— Je n'oserais pas.

Finalement, il ne parvient plus à rester sérieux, et un sourire illumine son visage. Il est très beau quand il sourit, mais bien sûr, je ne le lui dirai pas. Son ego est déjà bien assez grand. Pour me distraire de l'attirance que j'éprouve pour lui, je mange une autre fraise. Ce n'est que lorsque j'en prends une seconde que je remarque qu'il m'observe toujours.

— Quelque chose ne va pas ?

— Je viens de remarquer que je suis… heureux.

Je hausse les épaules.

— Et en quoi est-ce spécial ?

Il s'éclaircit la gorge.

— Cela fait longtemps que je n'ai pas ressenti ça. Avant qu'on m'envoie te chercher, ma vie n'était consacrée qu'au travail. De temps en temps, je buvais des verres avec mes amis le soir, mais je n'avais jamais le temps de ressentir ça. C'est comme si le soleil avait traversé une épaisse couche de nuages et qu'il me réchauffait de ses rayons.

— Waouh, quel poète tu fais ! le taquiné-je.

Intérieurement, je suis touchée.

Je suis convaincue que Storm n'a pas l'habitude de partager ses sentiments de cette manière.

— Si je suis le soleil, ça veut dire que je peux te réchauffer ?

Oups, cette dernière phrase n'était pas censée être formulée ainsi. La faute en incombe aux hormones qui grésillent dans le bas de mon corps chaque fois que je le regarde. Surtout quand ses yeux sont rivés sur moi comme maintenant.

Je n'obtiens pas de réponse. À la place, la table entre nous se soulève dans les airs, et je parviens simplement à attraper une dernière fraise. Elle flotte ensuite sur le côté, et il ne reste plus rien entre moi et mon gardien. Un instant plus tard, ma chaise se met à trembler, et je suis projetée vers Storm qui me rattrape en vol.

— C'est de la triche ! murmuré-je alors qu'il m'installe sur ses genoux pour que je sois face à lui.

— À quoi triché-je ? me demande-t-il, la voix légèrement rauque.

Oh, bon sang, qu'il est chaud ! Non, pas chaud… torride.

— Au jeu de « je ne suis pas attirant ».

— J'ignorais que je jouais à ça.

Il rit doucement, et son torse vibre contre ma poitrine.

— Alors, qu'allons-nous faire maintenant ?

Je lui décoche un sourire diabolique.

— Nous pourrions parler de politique.

— J'en suis sûr. Et si nous faisions quelque chose d'un peu plus amusant ?

Il passe ses mains sur mon dos et je suis ravie de porter un t-shirt normal et non une de ces robes à volants avec trop de couches de tissu. Je veux sentir son contact, sa chaleur. J'enroule mes jambes autour de ses hanches et je pose mes mains sur ses épaules, me rapprochant encore plus de lui. Je pose mes lèvres sur les siennes et je suis étonnée de leur douceur. Comme à chaque fois. Je n'arrive pas à faire le lien entre cette douceur et son corps par ailleurs dur et inflexible. Comme son esprit. C'est l'une des personnes les plus fortes que je connaisse. Mais il y a des parties de lui qui sont douces et tendres, et je ne parle pas de son corps. Bien que ses lèvres... Je l'embrasse, d'abord lentement, savourant chaque seconde, puis de façon plus pressante, jusqu'à ce que je manque d'air. Il me rend mon baiser, exigeant l'accès à ma bouche, sa langue danse autour de la mienne, se livrant à un duel romantique.

Ses mains glissent sous mon t-shirt et le relèvent. Il est impatient, comme moi. Il n'y aura pas de longs préliminaires aujourd'hui. Cela me convient. Cela fait trop longtemps.

Je gémis lorsqu'il se retire pour pouvoir passer mon t-shirt par-dessus ma tête. Ces quelques secondes sans ses lèvres sur les miennes sont une véritable torture. J'ai besoin de lui, de plus de lui. De tout de lui, chaque atome de lui doit être avec moi. En moi.

Puis sa bouche est de nouveau sur la mienne, ses lèvres suçant les miennes, tandis qu'il tâtonne avec le fermoir de mon soutien-gorge. Je me demande si je dois l'aider, mais je suis occupée à l'embrasser. Mon cerveau ne peut se concentrer sur rien d'autre en ce moment. Rien d'autre n'existe que mes lèvres gonflées contre les siennes. Et heureusement, il se débrouille tout seul ; avec un « clic », mon soutien-gorge s'ouvre.

Je plaque mes hanches contre son bassin et son érection. Il est prêt, et, à travers l'humidité de ma culotte, je sens à quel point je suis prête aussi. Cela a dû être l'un des rencards les plus rapides de l'histoire. Au moins, j'ai pu manger quelques fraises. Et maintenant, je dévore Storm.

Il fait glisser mon soutien-gorge le long de mes bras, exposant mes seins à l'air frais du soir. Mes mamelons sont durs, attendant son contact. Il en prend un entre deux doigts et le fait rouler doucement. De petits éclairs jaillissent directement de mes seins jusqu'à cette douleur entre mes jambes. J'ai faim, tellement faim.

Je suce sa lèvre inférieure, puis je la mords un peu. Il gémit lorsque mes dents griffent sa lèvre, mais il ne proteste pas. Au contraire, il arrête de bouger la tête pour me donner un meilleur accès. Je le mordille encore, n'osant pas faire couler le sang.

Storm m'agrippe les fesses et me soulève pour changer légèrement de position. Je suis maintenant assise encore plus près de lui, encore plus sur son érection. Mais comme je suis sur ses genoux, je ne peux pas atteindre son jean pour le libérer. Alors, tout ce que je peux faire, c'est basculer les hanches pour me frotter contre lui. Cela ne suffit pas. Ai-je déjà pensé cela ? Suis-je vraiment si insatiable ?

Je crois bien que oui.

Il joue à nouveau avec mes mamelons, les deux cette fois. Je gémis et par accident, je mords un peu trop fort sa lèvre. Le goût métallique du sang emplit ma bouche. Oups.

Je m'arrête, pensant que Storm va se mettre en colère. Mais il gémit à nouveau et murmure à voix basse :

— Recommence.

Je souris. Donc, il aime les morsures. Eh bien, je peux faire avec. Tandis que je plante mes dents dans sa lèvre, il pince mes mamelons plus fort, presque au point de me faire mal. C'est bon.

Si bon.

— Encore !

Je gémis et il continue à jouer avec eux, les palpant et les tirant jusqu'à ce que ma peau soit tendue au maximum.

Ça n'a jamais été aussi brutal entre nous. Je sais que les choses peuvent être plus brutales, je ne suis pas innocente à ce point, mais c'est nouveau. Et c'est bien.

Je quitte sa bouche et glisse le long de sa joue, jusqu'à son cou. Comme un vampire, je m'accroche à sa peau et je le mords. Je ne serais pas surprise si des crocs me poussaient soudainement. Hélas, ce n'est pas une compétence que les demi-déesses semblent posséder.

Je ne fais pas couler le sang, mais j'aime la sensation de ma bouche sur sa peau, de mes dents qui meurtrissent sa chair. Laissant une main sur mon sein gauche, le serrant fort, il ouvre mon pantalon avec l'autre, parvenant à descendre la fermeture éclair. Il se glisse à l'intérieur et presque immédiatement, un doigt me pénètre. Je gémis bruyamment tandis qu'il le bouge en moi, explorant mon sanctuaire le plus intime.

J'oublie toute idée de le mordre, je m'accroche à ses épaules et je cambre le dos pour lui donner un meilleur accès. Sans crier gare, je suis soulevée dans les airs jusqu'à ce que je plane juste au-dessus de lui. De la magie en faisant l'amour ? Qui dirait non à cela ? Comme je suis en l'air, Storm se lève et baisse son jean, exposant son érection. Il retire aussi son t-shirt, et je commence presque à baver. Qu'ai-je fait pour mériter quelqu'un d'aussi beau que lui ?

Quand il est nu, il me regarde alors que je flotte devant lui. Mes seins sont exposés, mon pantalon est ouvert, mais reste en grande partie en place.

— Ne bouge pas, dit-il en s'avançant, touchant doucement ma joue avec deux doigts. Tu es magnifique.

Il me contourne, ses doigts traçant une ligne sur ma peau. Arrivé à mes pieds, il me retire mes chaussures et commence à baisser mon pantalon. Je porte encore ma culotte, mouillée par ma propre excitation. Il la laisse en place et recule à nouveau, m'observant de loin. Je bouge les bras comme si je nageais, espérant me rapprocher de lui. Je veux ses mains sur moi, j'en ai besoin.

— Non, murmure-t-il. Ne bouge pas, j'aime te voir comme ça.

Je gémis de frustration, mais j'arrête d'essayer de bouger. L'air me maintient en place, et même si je flotte à quelques centimètres du sol, j'ai totalement confiance en Storm. Je suis en sécurité avec lui, il ne me laissera pas tomber.

Il continue à me tourner autour, m'inspectant sous toutes les coutures. Qu'est-il en train de faire ? Je dois admettre que c'est vraiment très érotique d'être regardée ainsi. Ses yeux sont affamés et il est évident qu'il doit se retenir de me sauter dessus. Du moins, j'aime à penser que c'est ce que me dit son expression. Les pupilles dilatées, les sourcils froncés, le petit espace entre les lèvres. La perfection.

— Touche-toi, dit-il, calmement, mais fermement. Oh ! Est-ce qu'il va jouer les dominateurs, cette fois ?

Je préférerais qu'il vienne par ici et s'enfonce en moi… mais je suis sûre que cela arrivera à un moment ou un autre. Je glisse une main sous l'ourlet de ma culotte et je commence à dessiner de petits cercles sur mon bourgeon. Je suis mouillée et prête pour bien plus que mes doigts. J'en glisse un en moi, puis en ajoute un autre tandis que mon pouce continue de tourner. Je gémis, trouvant mon rythme. Si je le voulais, je pourrais jouir d'un instant à l'autre. Mais non. Je vais attendre Storm.

À mon grand étonnement, l'air me soutient tandis que je

cambre le dos et que j'écarte davantage les cuisses. Storm fait quelque pas, jusqu'à se tenir à mes pieds avec une vue parfaite sur ce que je fais.

— Je t'en prie, murmuré-je, espérant qu'il comprendra ce que je veux dire.

— Pas encore.

— Je suis si proche, j'ai besoin de toi !

Mon murmure se mue en gémissement ; je ralentis le rythme pour ne pas jouir trop tôt. Quelle ordure, de me torturer comme ça !

— Tu vas gérer, dit-il en riant, et je gémis de le voir se toucher à son tour.

Il caresse son membre en me regardant enfoncer deux doigts en moi. Il est dur, dressé fièrement. Magnifique. C'est un homme parfait, et je suis là, avec lui, et seul de l'air nous sépare. Bien sûr, je pourrais me servir de ma magie pour me rapprocher de lui, pour briser le sort qu'il m'a jeté, mais ce n'est pas ce que je veux. J'attendrai sa permission.

— Ajoute un doigt. Prépare-toi pour moi, m'ordonne-t-il, et je m'exécute.

Je suis suffisamment mouillée pour ne pas trop m'étirer au début, mais quand je commence à bouger ma main d'avant en arrière, je sens à quel point je suis encore serrée. Storm m'a déjà pénétrée, et il le refera.

Il m'observe avec avidité et je capte son regard ; je voudrais qu'il vienne à moi.

Et il le fait.

En deux enjambées, il se retrouve entre mes jambes et je glisse ma culotte sur un côté juste à temps pour qu'il me pénètre. Des vagues de plaisir me traversent tandis qu'il commence à bouger, imprimant un rythme rapide dès le début. Il n'est pas question de douceur ni de romantisme ; c'est une revendication, c'est passionné et ferme. Il agrippe mes hanches et me rapproche à chaque coup de reins, s'enfonçant de plus en plus fort en moi.

Des picotements commencent à se répandre dans mon corps, et je ne peux plus retenir mes gémissements. Chaque fois qu'il bouge en moi, je sens grandir notre lien, comme si une part de lui entrait en moi, pas seulement avec nos corps, mais avec nos esprits.

Nous chevauchons ensemble jusqu'à l'extase, lorsque mes ailes se déploient et s'enroulent autour de nous.

Nous ne faisons qu'un.

CHAPITRE
CINQ

J e me réveille. Quelque chose ne va pas. C'est un bruit qui m'a réveillée. N'est-ce pas ? Je suis dans ma chambre, enveloppée de l'une des fantastiques couvertures du palais, à la fois légères comme de la soie et chaudes comme de la laine.

Pourquoi suis-je dans ma chambre ? Ah, oui. La nuit dernière. Storm. Beaucoup de Storm. Où est-il ? Pourquoi ma tête est-elle si lourde ? Ai-je trop bu ? Avons-nous bu ?

Des fraises. Oui, je m'en souviens. Mais est-ce qu'elles auraient cet effet sur ma tête ?

J'ai un goût étrange dans la bouche. Amer. Mon estomac s'agite et je me tourne sur le côté, essayant d'arrêter la nausée. Mais, c'est trop tard, j'en vide le contenu sur le matelas. Mon vomi est rouge. Ça ne peut pas être bon signe.

Faiblement, j'essaie de m'asseoir et d'appeler à l'aide. Je suis malade, et je veux avoir quelqu'un ici avec moi.

Il y a un nouveau bruit, qui provient du coin le plus éloigné de moi. Une ombre… non, un homme. Ou une femme, c'est dur à dire. La silhouette est un peu floue. Je cligne des yeux, mais l'image reste étrangement floue, comme le reste de la pièce. Aurais-je soudain besoin de lunettes ? Qu'est-ce qui se passe ?

— Qui êtes-vous ? murmuré-je, et la bile dans ma gorge rend ma voix presque inaudible.

— Je suis la Mort, dit la personne d'une voix chevrotante qui me fait frissonner.

Elle n'est ni masculine ni féminine, juste plate et froide. Je commence à trembler quand la silhouette sombre se rapproche. Il y a quelque chose dans sa main… une fiole ?

— Je suis *ta* mort.

L'obscurité envahit mon champ de vision et je lutte pour rester consciente. J'ai mal à la tête, au corps, et ma peau commence à me démanger.

Je voudrais me servir de ma magie pour me débarrasser de cette *Mort*, qui qu'elle soit, mais je suis si faible que je n'arrive pas à atteindre ma propre grotte cardiaque. Dans une dernière tentative pour faire quelque chose, n'importe quoi, avant que la personne ne m'atteigne, je tire sur le lien qui me relie à mes gardiens, en espérant qu'il soit assez fort pour qu'ils le remarquent.

Puis je ne peux plus lutter, et les ténèbres m'envahissent.

*
**

JE SUIS par terre quand je me réveille. Il fait froid et c'est inconfortable. J'étais dans mon lit avant, n'est-ce pas ? Où est mon lit ? Où suis-je ?

Je me lève d'un bond et regarde autour de moi. Je suis dans

une pièce circulaire avec un plafond bas qui me donne un léger sentiment de claustrophobie. Si je me mettais sur la pointe des pieds, je pourrais facilement le toucher. Les murs sont constitués de portes, il y en a des dizaines. Il n'y a rien entre elles, rien qu'une porte à côté d'une autre. Elles sont toutes faites du même métal terne et peu engageant. Elles me font penser à des portes de prison.

— Bonjour ? m'écrié-je, mais bien sûr, personne ne répond.

Je suis seule ici. Je me rapproche du mur de portes, essayant de voir s'il y a des signes ou des indices pour montrer où elles peuvent mener. Rien du tout. Je ne trouve pas la moindre égratignure sur le métal. Elles ne présentent pas le moindre défaut, elles sont ennuyeuses.

Je fais un décompte rapide. Seize portes. La pièce est un hexadécagone, remarqué-je, et mon professeur de mathématiques serait fier, mais je ne sais pas si c'est pertinent. Rester ici à me poser des questions ne me fera pas avancer. Peut-être que ma magie peut m'aider ? J'entre en moi-même, à la recherche de ma grotte cardiaque, là où réside ma magie.

Je me heurte à une barrière. Quelque chose m'empêche d'atteindre la grotte. Une barrière solide, dure et menaçante, construite autour d'elle. Je vole à travers mon corps, à la recherche d'un autre accès. Rien. Je ne peux pas utiliser ma magie.

Je réalise que je suis à nouveau privée d'elle, et cela me frappe de plein fouet. Pas encore ! Sans elle, je ne me sens qu'à moitié moi-même. Comme s'il manquait une partie de mon âme.

Qui m'a fait ça ? Viens là pour que je te tue. Sans ma magie. Je ne pourrai sans doute pas tuer. Plutôt égratigner.

Donc, je n'ai pas de magie, et je n'ai pas la moindre idée de ce que je fais là. Je peux soit rester ici et attendre, ou choisir une porte au hasard et explorer. Comme je n'ai jamais été du genre à rester assise et m'ennuyer, je marche tout droit et j'ouvre la première porte que j'atteins.

Elle débouche sur un couloir très éclairé. Les murs et le sol sont faits du même métal terne que la porte, tandis que le plafond est fait de lumière. Pas une lumière électrique, mais juste… une lumière. C'est froid et peu accueillant.

Je me précipite dans le couloir, cherchant le bout. Rien n'indique où il mène. Cela pourrait être n'importe où, mais j'ai l'impression qu'il est magique. Il ne s'agit donc probablement pas de la Terre. Au bout du couloir se trouve une autre porte, comme les précédentes. Cette fois, je frappe. J'ignore pourquoi, mais ça me paraît normal.

Aucune réponse. J'appuie sur la poignée et je pousse, mais rien ne se passe. Elle est verrouillée.

— Vous devez tirer ! crie quelqu'un depuis l'intérieur.

Gênée, je tire, et la porte s'ouvre. À chaque fois ! Au moins, ici, il n'y a pas de panneau « tirer », car ce serait encore plus embarrassant. Mes parents se moquaient toujours de moi parce que je ne regardais jamais ces panneaux, et je luttais pour ouvrir les portes. Je suppose que cela n'a pas changé.

J'entre dans une petite pièce qui ressemble au bureau le plus typique que l'on puisse imaginer. Beaucoup d'étagères sur les murs, débordant de dossiers et de livres. Un grand bureau avec des piles de documents, et derrière, un homme âgé. Il a l'air humain, à l'exception de ses yeux qui brillent légèrement. Ils me font penser à un chat la nuit. Sa peau est fine et parcheminée, ses cheveux ont presque disparu et les mèches qui restent sont d'un blanc pâle. Il a l'air d'être resté trop longtemps dans ce bureau sans voir le soleil.

Il prend un formulaire dans l'une des piles et trempe une plume dans un encrier.

— Nom ? s'enquiert-il d'une voix traînante.

— Quoi ?

— Nom.

— Wyn. Euh, Wynter.

— Nom de famille.

— Euh…

Depuis mon arrivée dans le royaume de ma mère, je n'ai plus utilisé le nom de mes parents adoptifs. Au palais, tout le monde m'appelle princesse ou Votre Altesse, alors je n'ai pas eu besoin de réfléchir à celui que je dois utiliser. Il me semble étrange d'utiliser ce nom terrien. Ce n'est plus moi, j'ai changé. Je devrais choisir quelque chose de nouveau, qui corresponde à la personne que je suis devenue.

Quelque chose de royal.

— Prince. Wynter Prince.

— Pourquoi êtes-vous ici, Wynter Prince ?

— À vous de me le dire.

Il lève les yeux du formulaire qu'il est en train de remplir.

— S'il vous plaît, répondez à ma question. Pourquoi êtes-vous ici ?

Je soupire.

— Je n'en sais rien. Je dormais, puis j'ai vu quelqu'un qui se faisait appeler la Mort, et maintenant, je suis là. Je ne suis pas venue ici de mon plein gré, donc j'aimerais partir, s'il vous plaît.

L'expression de l'homme ne change pas.

— Personne ne s'appelle la Mort.

— Oui, c'est ce que je pensais, soufflé-je, exaspérée. Mais c'est ce qu'il… ce qu'elle… Cette personne a dit s'appeler ainsi !

— Ignorons cette question… dit-il en traçant un long trait sur une partie du formulaire.

— Prochaine question : d'où venez-vous ?

— De la Terre, articulé-je automatiquement, puis j'hésite. Mais je suis née dans le royaume de l'Hiver, où je vis à nouveau.

— Ah, vous êtes avec Beira ? demande-t-il, soudain un peu plus intéressé.

— Oui, je suis sa fille.

Maintenant, j'ai toute son attention.

— Oh, vous êtes cette Wynter. J'ai votre entrée quelque part, accordez-moi un instant.

Il se lève et commence à fouiller dans l'une des plus grandes étagères derrière lui. Il contient des dizaines, voire des centaines de tomes et de volumes anciens, la plupart recouverts d'une couche de poussière. Il passe un doigt sur les tranches, lisant rapidement les titres.

Sur l'étagère du haut, il trouve enfin ce qu'il cherchait. Il tire un livre qui aurait pu facilement être divisé en plusieurs. Il est plus épais que tous ceux que j'ai vus.

Il l'ouvre et consulte l'index.

— Demi-dieux des royaumes... oui... Memnon... Non... Achille... Non... Tityos... Non... Wynter, fille de Beira. Vous voilà. Page 1478.

Il feuillette les pages, ignorant la poussière qui s'élève dans l'air chaque fois qu'il en tourne une.

— 1476... 1478. Wynter.

Il commence à lire et je suis tentée de faire le tour du bureau pour voir ce qu'il a sous les yeux. Je suis dans un livre ? Un très vieux modèle en plus ? Un livre sur les demi-dieux ? Il doit y avoir là beaucoup de connaissances qui pourraient m'aider. Je ne connais toujours pas l'étendue de mes pouvoirs. Peut-être que tout est là-dedans, peut-être même des instructions sur la manière de réaliser mon potentiel. De préférence sans blesser personne. C'est la raison pour laquelle je n'ai pas pu grandir avec ma mère dans son royaume. Il est déjà arrivé que des demi-dieux tuent des gens au moment de l'acquisition de leurs pouvoirs : des accidents, la plupart du temps, mais ma mère ne voulait pas prendre ce risque.

— Très intéressant, marmonne l'homme, mais il ne semble pas vouloir me dire ce qu'il lit. Oh oui, c'est logique…

— Excusez-moi. Pourriez-vous me raconter ce qu'il y est dit à mon sujet ?

— Hein ?

— J'aimerais savoir ce que vous lisez. S'il s'agit de moi, j'ai le droit de savoir.

Il a l'air confus.

— Oui, je pense que oui. Mais pour cela, vous devez remplir le formulaire 938 B. Personne n'est autorisé à emprunter un livre sans avoir au préalable rempli ce formulaire. Je suppose que vous avez une carte de bibliothèque ?

Confuse, je le regarde.

— Je suppose que vous n'acceptez pas ma carte de bibliothèque d'Édimbourg ?

— N'importe quelle carte de bibliothèque convient. C'est une question de principe, vous comprenez ?

Je hoche la tête sans conviction. Je ne comprends rien à ce qu'il raconte.

Il me tend un formulaire jaune et un stylo. Il n'y a pas de place pour écrire sur son bureau plein à craquer, alors je me sers de la chaise devant moi comme d'un substitut.

Formulaire 938B : Contrat de prêt de livres.

Il y a une longue liste de termes et conditions au début et je ne fais que les survoler. Le paragraphe 48 attire cependant mon attention : *La non-restitution d'un livre peut entraîner la décapitation.*

Waouh, c'est plutôt dur. Être tué pour ne pas avoir rendu un livre à une bibliothèque ?

J'ai lu les autres points avec un peu plus d'attention, juste au cas où, mais aucun n'est aussi extrême que le paragraphe 48.

Au bas du formulaire, j'inscris le titre du livre, mon nom, Wynter Prince, et je signe rapidement.

— Voilà.

Je lui remets le formulaire, mais il se contente de le déposer sur un de ses casiers débordants.

— J'y jetterai un coup d'œil plus tard. Maintenant, chut.

— Mais, que suis-je censée faire maintenant ? Comment puis-je rentrer chez moi ?

Il soupire.

— Patience. Tout d'abord, je dois vous enregistrer. Ensuite, nous devrons procéder à des tests. Après, vous pourrez remplir un formulaire de libération, et nous devrons attendre un moyen de transport approprié.

— Écoutez, je suis l'héritière du trône de l'hiver, fille de la mère des Dieux. J'exige que vous me rameniez chez moi dans l'instant.

Je mets toute l'autorité dont je suis capable dans ma voix, mais il ne remue pas même un sourcil.

— Mon enfant, ici, à la bibliothèque des vies, tout le monde est égal. Nous devons tous remplir les formulaires, sinon ce serait le chaos. Maintenant, asseyez-vous et laissez-moi travailler.

J'ignore sa demande.

— La bibliothèque des vies ? Qu'est-ce que c'est ?

Il lève les yeux vers moi, les sourcils froncés par la confusion.

— Comment pouvez-vous ne pas savoir où vous êtes ? Les gens n'y accèdent que s'ils en font la demande… ou s'ils sont morts. Et comme vous n'êtes pas translucide, j'en déduis que… à moins que… oh.

— Quoi ?

— Est-ce votre première expérience de la mort ?

J'éclate d'un rire hystérique.

— Je ne suis pas morte. D'ailleurs, je ne suis jamais morte avant, si c'est ce que vous voulez dire.

— Ah, cela explique beaucoup de choses.

Il sourit et fouille dans un des tiroirs de son bureau jusqu'à ce qu'il trouve un petit dépliant. Il me le tend.

— Lisez ceci, vous comprendrez tout.

Un guide de l'immortalité.

Il y a une photo d'une vieille femme à l'air sympathique sur la couverture, mais pas grand-chose d'autre. J'ouvre la brochure et commence à lire.

Cher défunt,

L'annonce de votre décès peut être un choc pour vous. Ne vous inquiétez pas, ce n'est pas la fin. S'il vous plaît, tâchez de ne pas paniquer à la lecture de ce petit guide de l'immortalité.

Si ce dépliant vous a été remis, c'est que votre conseiller considère que vous êtes éligible à l'immortalité. Cela peut être dû à votre héritage, à vos accomplissements ou à votre bon karma.

Être éligible à l'immortalité ne vous rend pas immortel en soi. Vous devrez faire preuve d'un bon état d'esprit pour poser votre candidature et être choisi pour l'immortalité. Si vous n'êtes pas certain d'avoir les qualités requises, parlez-en à votre conseiller.

Les bienfaits de l'immortalité :

— Une existence infinie

— Une immunité contre toutes les maladies

— Des relations éternelles avec d'autres immortels

— La possibilité de vivre des millénaires d'histoire, d'évolution et de progrès

— Le pouvoir de faire le bien

— L'avantage de gagner beaucoup d'argent.

Inconvénients de l'immortalité :

— Survivre à ses parents et amis = des siècles de solitude et de chagrin

— L'ennui

— Vous risquez de connaître la fin du monde

— Le risque de folie.

Sachez que, si vous ne pouvez pas mourir de maladie, il existe des moyens de tuer un immortel (décapitation, immolation par le feu, et, dans les cas extrêmes, affamement). Nous ne pouvons pas être tenus responsables du fait que votre vie se termine plus tôt que prévu, même si vous avez choisi l'immortalité. Pour tout conseil juridique, veuillez consulter l'avocat de la mort de votre royaume.

Je lève le nez de la brochure, perplexe. C'est forcément une blague ? Une plaisanterie élaborée que quelqu'un a inventée ? L'immortalité ne se choisit pas. C'est quelque chose que l'on a dès la naissance, comme les gardiens ou les dieux. Dans mon cas, je n'ai jamais été tout à fait sûre. Certaines légendes disent que les demi-dieux sont immortels, d'autres qu'ils ne le sont pas. Ce dont je suis sûre, c'est que j'aurai une vie plus longue que la moyenne. Sauf si je me fais tuer.

— Comment puis-je… euh… demander l'immortalité ? demandé-je au vieil homme qui s'éclaircit la gorge.

— Il y a un formulaire quelque part… Ah oui, le voilà. Vous devrez le remplir, puis me le rendre, et je vous dirai quoi faire ensuite.

— Ne pouvez-vous pas me le dire maintenant ?

— Non. C'est la procédure.

Je soupire. On dirait que ce type fait ce travail depuis des centaines d'années. La bureaucratie doit être la seule chose dont il se souvient. Je regarde le formulaire qu'il me tend. *Demande d'immortalité.* Oui, il s'agit bien d'une blague. Y a-t-il des caméras cachées quelque part ?

Mais je n'ai rien de mieux à faire que de remplir ce formulaire. Comme il ne me donne aucune réponse, je ne peux que faire ce qu'il me demande. Peut-être cela me permettra-t-il de m'échapper de cet étrange endroit. Peut-être s'agit-il d'un rêve ? Est-ce la raison pour laquelle tout le reste est si flou ?

Je me pince la peau. Non, ce n'est probablement pas un rêve.

En fronçant les sourcils, je commence à remplir le formulaire, en espérant que cela vaille la peine. Tout d'abord, il s'agit de toutes les informations de base me concernant : nom, date de naissance, lieu de naissance, parents, etc. Les questions deviennent ensuite plus délicates.

Quelle est votre prétention à l'immortalité ?

Choisissez parmi les options que vous trouverez dans l'annexe, partie I.

J'opte pour la naissance ou l'héritage comme réponse la plus appropriée. Avoir une déesse comme mère devrait être une raison suffisante.

Comment allez-vous utiliser votre immortalité pour le bien de tous ?

Cela me fait réfléchir. Aider à prendre soin du royaume de l'Hiver est-il une bonne réponse ? Ou est-ce que c'est juste mon travail ?

Je griffonne quelques phrases sur l'utilisation de ma position dans le but d'aider tous les habitants du royaume à vivre une vie prospère et saine. J'espère qu'ils ne trouvent pas cela trop idéaliste. Malgré le fait que je n'ai pas encore été directement impliquée dans la politique, je sais que tout n'est pas parfait dans le royaume. Il y a des pauvres, des maladies qui peuvent tuer les gardiens, de la corruption et de la cupidité. Un pays, ou un royaume ne peut jamais être parfait, mais je ferai de mon mieux pour le rapprocher de cet objectif.

Avez-vous peur de la mort ?

Je cligne des yeux. Oui. Je pense que oui. Qui ne l'est pas ? Si quelqu'un venait me demander si je veux vivre ou mourir, je dirais que je veux vivre. Bien sûr. Et si cette personne menaçait ensuite de me tuer, j'aurais peur. Je me battrais.

J'écris un petit *Oui* sur la ligne, comme si j'essayais de cacher ma réponse.

Pourriez-vous mourir pour sauver quelqu'un d'autre ?

Immédiatement, je pense à mes hommes. Storm. Frost. Crispin. Arc. Si l'un d'entre eux était en danger et que le seul moyen de le sauver était de mourir... oui, je pense que je choisirais de mourir. Je l'espère. C'est bien beau d'y penser maintenant, mais dans la réalité ? Oui, je pense vraiment que je le ferais. Je les aime trop pour les voir partir.

Oui.

Une dernière question : *qu'est-ce qu'une bonne mort ?*

Encore une question difficile. Pas de douleur ? Pas de larmes ? Pas de culpabilité ? Pas d'humiliation ? Pas de mort longue et traînante, mais une mort rapide et sans douleur ?

Une mort que je ne regretterai pas.

C'est une réponse assez vague, mais je ne sais même pas qui va lire ceci. Si c'est le vieil homme qui est en face de moi, je ne pense pas qu'il regardera mes réponses. Il va juste le poser sur une pile de documents, ou il l'oubliera pour l'éternité.

— J'ai fini.

Je lui remets le formulaire et il le détaille avec surprise.

— C'était rapide. Voyons voir, que dois-je faire de ça, déjà ? Ah oui, le test. Je crains de ne pas pouvoir vous faire passer ce type d'examen, vous devrez donc voir l'un de mes collègues.

— Il y en a d'autres comme vous ? laissé-je échapper, avant de grimacer lorsqu'il me regarde avec l'air de quelqu'un qui vient d'être insulté de la plus grave des manières.

— Vous ne pensez tout de même pas qu'une bibliothèque fonctionne toute seule ? demande-t-il, un peu irrité. Suivez-moi.

Il se lève avec le soupir de quelqu'un qui n'a pas marché

depuis longtemps. Je me demande si les horaires de travail sont réglementés ici. Ont-ils des congés ? Des heures supplémentaires payées ? J'en doute. Il ne semble pas être sorti depuis des années.

Je le suis hors de sa petite pièce et le long du couloir. Nous prenons quelques virages, passons devant une rangée de portes dont je pourrais jurer qu'elles n'étaient pas là avant, jusqu'à ce que nous arrivions à une très grande porte rouge. C'est plutôt une grille, en réalité.

— Je vous laisse faire. Revenez me voir quand vous aurez terminé.

Il s'en va en traînant les pieds, me laissant seule.

Je frappe à la porte, et je suis surprise lorsque quelqu'un frappe à son tour de l'autre côté. Est-ce le signal que je peux entrer ? J'ouvre la porte avec précaution et je suis presque écrasée par une main géante qui s'élance vers moi.

La plus grande femme que j'aie jamais vue me regarde, le poing en l'air, prête à frapper la porte, et moi avec. Ce doit être une géante, il n'y a pas d'autre raison pour qu'elle soit aussi… grande. Elle doit être trois fois plus grande que moi, et deux fois plus large. Elle serait jolie si ses traits n'étaient pas déformés, comme s'ils fondaient puis se figeaient à nouveau. Ses cheveux noirs lisses lui arrivent à la taille, où une large ceinture met en valeur sa silhouette. Plusieurs trousseaux de clés y sont accrochés et se balancent à chacun de ses mouvements.

— Qui êtes-vous ? demande-t-elle d'une voix tonitruante.

Je suis sûre que c'est le volume normal pour elle, mais pour moi, c'est comme si elle hurlait.

— Euh… Je suis ici pour passer un test d'immortalité.

Je ne me suis jamais sentie aussi stupide. C'est quel genre de phrase ? Je ne peux même pas mentionner l'homme qui m'a amenée ici, parce qu'il ne m'a jamais dit son nom.

— Oh ! Je n'en ai pas eu depuis longtemps ! Entrez, dit-elle joyeusement.

Je dois lutter contre l'envie de me boucher les oreilles.

Ils devraient fournir des casques antibruit aux visiteurs. Pour chaque pas qu'elle fait, je dois en faire quatre. La pièce ressemble à une arène, large et ronde. Le sol est recouvert de sable, mais il n'y a ni tribunes ni sièges autour. Il y a une chaise géante à l'autre bout, où la géante me conduit maintenant. Elle se laisse tomber sur son siège et me sourit.

— Quels sont votre nom, votre race et votre âge ?

Je m'éclaircis la voix. Faisons ça correctement.

— Je suis Wynter, fille de Beira et héritière du trône de l'Hiver. Je suis mi-déesse, mi-gardienne, et j'ai eu vingt-deux ans le mois dernier.

— Enchantée de vous rencontrer, Wynter. Je suis Eithne, votre examinatrice. Si vous êtes vraiment la fille d'une déesse, ce ne sera qu'une formalité, mais comme vous l'avez peut-être remarqué, ils prennent les formalités très au sérieux ici.

Elle me fait un clin d'œil qui me fait sourire. Je sais exactement ce qu'elle veut dire.

— Pour prouver que vous êtes prête à devenir immortelle, vous devrez passer trois épreuves. Une physique, une mentale et une magique. Par laquelle voulez-vous commencer ?

La force physique est celle qui me manque, alors je devrais sans doute commencer par ça. Ainsi, il me restera de l'énergie mentale. Si cela a un sens. Non, sans doute que non.

— Que se passe-t-il si j'échoue aux tests ?

— Vous mourrez comme vous étiez censée le faire. Pas de renaissance, pas d'immortalité. Vous resterez ici ou vous passerez, mais vous ne retournerez pas parmi les vivants.

Je déglutis. À l'écouter, on a l'impression que je suis vraiment morte. Je prends une grande inspiration.

— Comment suis-je morte ?

Elle fronce les sourcils.

— Personne ne vous l'a dit ? Vous avez été empoisonnée par le venin d'un dragon noir. Je ne croyais pas qu'ils existaient encore, mais apparemment, quelqu'un en a trouvé un et l'a tué, ou l'a obligé à donner une partie de son venin. Dans les deux cas, il faut que ce soit quelqu'un d'incroyablement puissant pour réaliser un tel exploit.

Je déglutis avec difficulté. *Quelqu'un m'a empoisonnée. Je suis morte.* La pièce commence à tourner et je dois cligner des yeux plusieurs fois pour reprendre pied dans la réalité. *Ne t'évanouis pas. Ne pleure pas. Sois forte, Wyn, passe ces tests et rentre chez toi. Vers tes hommes.* Oh, bon sang ! Ils doivent être furieux. Ou en deuil. Ou les deux.

— Le temps s'écoule-t-il de la même façon ici que dans les royaumes ?

Eithne me sourit.

— C'est une excellente question. Tout dépend du royaume, mais je crois que le royaume de l'Hiver est étroitement aligné sur la bibliothèque, donc il ne devrait pas y avoir de grande différence. Peut-être quelques minutes d'écart, plus ou moins.

— Donc, je suis morte depuis des heures. Que se passe-t-il avec mon… corps ?

Elle éclate de rire.

— Ne vous inquiétez pas, votre mère sait ce qui se passe. Beira a créé cet endroit, et elle vient encore de temps en temps. Je suppose que, si elle n'est pas là en ce moment, c'est parce qu'elle veut que vous fassiez vos preuves. Par quel test voulez-vous commencer ?

— Physique, marmonné-je, et j'ai la tête qui tourne.

Ma mère sait que je suis ici, et elle n'est pas venue me

ramener à la maison ? Elle ne veut pas me soutenir ? J'espère qu'elle a au moins dit à mes gardiens que je ne suis pas vraiment morte... pas encore, du moins.

SIX

La géante sort un énorme porte-bloc et croise les jambes. Elle semble enthousiaste à l'idée des tests que je vais passer. Si seulement je savais en quoi ils consistaient… mais je suis sur le point de le découvrir.

— L'épreuve physique… eh bien, d'abord, les règles. Vous ne pouvez pas utiliser la magie sous quelque forme que ce soit. Vous ne pouvez pas quitter la pièce. Vous ne pouvez pas me demander de l'aide. Vous ne pouvez pas déclarer forfait. Vous pouvez tuer. Vous pouvez mutiler. Compris ?

Je hoche la tête.

— Finissons-en.

Je ne sais pas trop à quoi je m'attendais, mais certainement pas à un fantôme qui apparaît devant moi. Il s'agit d'un homme, en grande partie translucide et dont le reste est brumeux. Ses traits sont à peine reconnaissables, il pourrait donc s'agir de n'importe qui. D'après sa stature, je suppose qu'il s'agit d'un homme.

Il marche… non, il *flotte* vers moi, ses bras pendent mollement le long de son corps. Il n'a pas l'air très menaçant.

— Je suis censée me battre avec lui ? murmuré-je à la géante qui ne me répond pas.

On dirait bien que je suis seule.

Elle a parlé de tuer et de mutiler. Comment suis-je supposée faire une telle chose sans arme ? Je n'ai pas la magie non plus ; il ne me reste que mon pauvre corps qui n'est pas entraîné. Vous savez ce qu'on dit : « Il ou elle ne ferait pas de mal à une mouche ».

Eh bien, en réalité, je ne serais sans doute pas assez forte pour le faire. C'est dire à quel point je ne suis pas sportive.

Le fantôme s'approche, et je recule quand il tend les mains. S'il me touche, cela fera-t-il mal ? Vais-je échouer au test ? J'aimerais qu'Eithne me dise quoi faire. Je ne peux pas attaquer un fantôme sans être provoquée. Peut-être veut-il simplement jouer…

Ou pas. Sa forme brumeuse devient soudain rouge vif et ses yeux se mettent à briller d'une lueur sinistre. Maintenant, il n'a plus l'air aussi inoffensif. Sa bouche s'ouvre et il pousse un gémissement qui me fait frissonner. Qu'est-ce qu'il est ?

Je trébuche en arrière quand il accélère. Il me poursuit maintenant. Comment suis-je censée me battre contre lui ? Je ne suis même pas sûre de pouvoir le toucher, il a l'air bien trop désincarné pour ça. Mes mains lui traverseraient probablement le corps.

— Que dois-je faire ? crié-je à la géante, qui se contente de sourire.

Arrrggh. Il est temps de changer de tactique.

— Je ne veux pas te faire de mal ! lancé-je au fantôme tout en commençant à courir. Que veux-tu de moi ?

Son gémissement se mue en un mot qu'il étire.

— Viiiiiiiie.

Oh. Ce n'est pas bon signe. Il veut ma vie ? Ma force vitale ?

— Pas possible. Je suis morte, du moins, c'est ce qu'on m'a dit.

Il s'arrête. Deviendrait-il un peu moins rouge ? Difficile à dire.

— Paaaaas de viiiiiiiiie ?

— Pas de vie. J'ai été empoisonnée, donc je ne suis plus en vie.

Ses épaules s'affaissent et la couleur rouge quitte son corps brumeux jusqu'à ce qu'il soit d'un blanc presque pur. S'il avait un vrai visage, j'imagine qu'il aurait l'air triste.

— Qu'est-ce qu'on fait maintenant ? lui demandé-je, sans m'attendre vraiment à ce qu'il réponde.

Il semble seulement capable de gémir. Pauvre homme.

— Baaaagaaaarre ?

Je secoue la tête avec détermination.

— Non, je ne veux pas me battre avec toi. Et si tu retournais d'où tu viens ?

— Piiiiiitiiiiié ?

— Tu veux que j'aie pitié de toi ?

— Ouiiiiiii.

— Euh, d'accord. J'ai pitié de toi. J'aimerais que tu ne sois pas un fantôme qui doit se nourrir des autres.

J'espère que c'est ce qu'il veut entendre. Comme il reste silencieux, j'ajoute :

— J'ai *beaucoup* pitié de toi.

Eithne tâche de masquer un gloussement, mais avec sa voix forte, c'est presque impossible.

— Meeeeerciiiii ! gémit-il, et il disparaît.

C'est très étrange.

— Que se passe-t-il maintenant ? C'était mon test physique ?

demandé-je à mon examinatrice qui cache toujours son sourire avec sa main.

— Il ne s'est jamais comporté comme ça auparavant, dit-elle enfin. Il était censé vous toucher, puis se transformer en adversaire digne de ce nom, mais pas imbattable. Pour être honnête, je ne sais pas trop quoi faire maintenant.

— On passe à la tâche suivante ? Lui demandé-je, pleine d'espoir, et, à mon grand soulagement, elle hausse les épaules.

— Il n'est dit nulle part dans le règlement qu'il faut recommencer si le fantôme s'en va. Vous n'êtes pas morte, donc vous avez donc réussi le premier test.

Je souris largement, puis je me souviens qu'il m'en reste deux à passer.

— Voulez-vous passer l'épreuve magique ou mentale ensuite ?

— Mentale ?

— D'accord. Pour celle-ci, mieux vaudrait vous asseoir. Je vous recommande également de garder vos barrières relevées aussi longtemps que possible.

Je fais ce qu'elle me dit, tout en m'interrogeant sur cet avertissement de mauvais augure. Mes barrières mentales se sont considérablement renforcées, mais Arc parvient encore à les franchir de temps en temps. Mais j'ignore où il se situe par rapport aux autres. Il est plus fort que mes trois autres gardiens, mais peut-être sont-ils simplement faibles mentalement ? Une image de Storm levant un sourcil me vient à l'esprit, me faisant sourire. Non, il n'est absolument pas faible.

Je ferme les yeux et me concentre sur ma magie. Elle n'a pas dit que je n'avais pas le droit de l'utiliser. Je pousse ma magie à renforcer mes barrières mentales. Le globe translucide qui entoure mon esprit prend un léger reflet arc-en-ciel, signe qu'il fonctionne comme prévu. Je fais une vérification rapide comme

Arc me l'a appris. Il n'y a aucune brèche nulle part, pas de faiblesse. Le verre est lisse et solide et, espérons-le, impénétrable.

Je souris en me rappelant la première fois que j'ai appris à le faire. Arc a tenté de me faire baisser mes barrières en me faisant croire que j'étais en danger, et ça a fonctionné. Il est entré facilement, puis il m'a retiré mes vêtements. Oui, c'était amusant. Mais j'ai compris la leçon. Ce que je vais voir n'est pas réel, et je ne laisserai entrer personne, quel qu'il soit. Je ne serai plus jamais aussi stupide.

Mes parents apparaissent de l'autre côté de la barrière en hurlant.

Oh non.

Les cheveux de ma mère, habituellement parfaits, sont ébouriffés et partent dans tous les sens. Leurs visages sont couverts de suie et leurs vêtements fondent à plusieurs endroits. Les lunettes de mon père sont fêlées et il a une profonde entaille ensanglantée sur le front. Du sang coule sur son visage et son cou, tachant sa chemise blanche. Que leur est-il arrivé ?

— Maman ! Papa ! crié-je, luttant pour maintenir la barrière que mon instinct me dit de faire tomber.

Mes parents sont en danger et je peux les aider. J'en ai besoin. Mon cœur s'oppose à mon esprit. Ce n'est pas réel. Ça ne l'est pas. Mais, et si ça l'était ? Et s'ils avaient besoin d'aide ? Et s'ils mouraient parce que je n'abaisse pas mes barrières ? Et si…

Ils commencent à tambouriner contre le dôme de verre, mon père laisse des empreintes de mains ensanglantées. Ils veulent entrer. Leurs bouches forment des mots que je ne comprends pas, mais il est clair qu'ils sont désespérés.

Que vais-je faire ?

Mon esprit rationnel prend le dessus pendant un moment et mes pensées se font moins agitées. Et si… oui, cela pourrait fonctionner. Je n'aurai pas besoin d'abaisser mes barrières si je les élargis pour y inclure mes parents.

Mais je ne l'ai jamais fait avant… est-ce même possible ? Et sera-t-il plus facile de les déplacer ou de les agrandir ? Je vais d'abord tâcher de les bouger.

Je prends une grande inspiration et je fais sortir ma magie de sa grotte. J'ai besoin de toute la puissance à ma disposition pour réussir.

Je prends une autre profonde respiration. Ensuite, j'étire mes mains et j'imagine que je pousse la barrière vers l'avant, loin de moi. Je me tiens au centre de mon dôme, alors même si je le déplace un peu, je serai toujours à l'intérieur. Il est suffisamment spacieux pour que je puisse faire plusieurs pas dans toutes les directions ; à cet instant, je suis ravie de l'avoir construit aussi grand quand je l'ai créé.

La barrière résiste, elle ne veut pas bouger. Pourtant, il le faut. Je pousse aussi fort que possible. La douleur se fraie un chemin jusqu'à mes tempes, mais je l'ignore. Je pousse. Je POUSSE.

Enfin, elle commence à bouger. Lentement, pas plus que l'épaisseur d'un cheveu, mais elle bouge. Cela me prouve que c'est possible.

Je mets davantage de magie dans mon mouvement et souhaite que la barrière se déplace.

Elle va plus vite, mais ce n'est pas plus facile. La sueur coule sur mon visage, et j'ai de plus en plus mal à la tête. Je ne pourrai pas continuer ainsi très longtemps.

Les mains de mes parents appuient sur la barrière, mais maintenant qu'elle bouge, ils sont lentement aspirés. Le dôme ne se brise pas, c'est comme s'il devenait soudain élastique à ces endroits, les absorbant sans rien laisser passer d'autre. Comme une membrane programmée pour n'accepter que certaines choses.

Je souris quand je vois leurs mains totalement à l'intérieur. Tout en gardant mon emprise sur la barrière, je cours vers l'avant, agrippe les poignets de ma mère et les tire vers moi. Avec un bruit humide, le dôme la laisse entrer et elle tombe dans mes bras, me faisant trébucher en arrière sous l'effet de la surprise. Nous nous écrasons sur le sol, elle sur moi, et nous rions et pleurons en même temps. Ma mère est ici avec moi. Ma maman.

Je me relève d'un coup et attire mon père aussi. Il me serre dans ses bras en tremblant.

— Bien joué, Wyn, murmure-t-il à mon oreille, puis il disparaît.

Ils sont tous les deux partis, comme s'ils n'avaient jamais été là. Mais l'odeur de fumée et de tissu brûlé flotte encore dans l'air, me prouvant que c'était au moins en partie réel.

Je respire profondément, le soulagement m'envahit. Je les ai sauvés sans abaisser mes barrières. La douleur dans ma tête se dissipe lentement jusqu'à ce qu'il n'y ait plus qu'un petit mal derrière mes tempes.

J'ai réussi.

— Bien joué, me dit la voix d'Eithne qui me parvient à travers ma concentration.

J'ouvre les yeux et je vois la géante qui me sourit.

— Au départ, je n'étais pas certaine que vous seriez capable de résister à la tentation, et je crois qu'en fin de compte, j'avais raison, mais vous avez trouvé une solution, me dit-elle avant de s'éclaircir la gorge. Je ne suis pas sûre d'avoir déjà vu quelqu'un faire ça auparavant. Mais, c'était une bonne solution, donc vous avez réussi le test.

Je soupire de soulagement. Deux épreuves passées, plus qu'une. Le dernier test concerne la magie. J'ai laissé le plus facile pour la fin. Tout le monde me répète sans cesse que ma magie est forte, alors cela ne devrait pas être un problème pour moi.

Ma magie miaule bruyamment en signe de protestation. Très bien, alors. J'admets qu'elle s'est montrée un peu turbulente ces derniers temps. J'ai perdu son contrôle plus d'une fois. Elle a sûrement envie de m'aider maintenant. Si je meurs, elle meurt. Je crois. Personne ne le sait vraiment, du moins je n'ai rien trouvé à ce sujet dans les livres de la bibliothèque du palais. J'en ai lu pas mal pour comprendre pourquoi ma magie est tellement plus autonome que celle des autres. Elle a une personnalité, elle a même sa propre grotte arc-en-ciel à l'intérieur de moi. Elle ressemble à un chat et elle miaule... peut-être est-ce juste un signe de ma folie ? Ou bien est-elle différente, unique ? Ma mère n'a pas pu m'aider non plus ; en tant que mère des Dieux et l'un des premiers êtres vivants, la magie a toujours été instinctive pour elle. Elle veut que les choses se passent, et elles arrivent. Elle n'a pas besoin de trouver un lien avec les éléments pour utiliser leur magie intrinsèque, il lui suffit de penser à mettre le feu à quelque chose pour que cela se produise. C'était déprimant d'entendre à quel point tout est facile pour elle. Dommage que cette maîtrise de la magie ne m'ait pas été transmise.

Elle a dit que mon père n'était pas très doué pour la magie, alors je devrais sans doute être reconnaissante d'être aussi forte que je le suis. Je n'ai pas reconstitué toute l'histoire, mais d'après ce que m'ont raconté ma mère et Tamara, Beira a créé mon père parce qu'elle se sentait seule. Je n'étais pas prévue.

Je repousse ces pensées et me concentre sur la tâche à accomplir. La géante m'observe attentivement.

— Tout va bien ?

Je hoche la tête.

— Je suis prête.

Elle sourit et pointe du doigt le centre de la pièce circulaire.

— Vous devriez vous lever et vous préparer. Ce sera peut-être un défi plus grand que vous ne l'imaginez.

Son sourire complice me dit qu'elle en sait plus sur moi que je ne le souhaiterais. Suis-je en train de devenir arrogante ? J'espère bien que non.

Je fais quelques pas jusqu'à ce que je sois plus ou moins au centre. D'une certaine manière, je me sens vulnérable. Si j'avais un mur derrière moi, je n'aurais pas besoin de m'inquiéter de ce qui pourrait m'attaquer par-derrière. Mais il est clair qu'Eithne veut que je sois dans cette position, alors je reste, et je me prépare.

Je saisis fermement ma magie, prête à dresser une barrière si quelqu'un me lance quelque chose. L'élément le plus fort de la pièce est la terre, suivi de près par l'air. Malheureusement, il n'y a ni eau ni feu, alors que c'est dans ces domaines que je me sens le plus à l'aise. En revanche, ma maîtrise de l'air s'est beaucoup améliorée et je suis désormais capable de ramasser de petits objets sans détruire tout ce qui se trouve autour. La plupart du temps. Si ma magie n'est pas en train de faire un caprice.

Rien ne se produit, et chaque seconde qui passe me rend de plus en plus nerveuse. Pour me distraire, je laisse deux petits tourbillons se former au-dessus de mes mains, tournant rapidement autour de leur axe. Les créer ne requiert plus beaucoup de réflexion ni d'énergie, surtout pas ici où la pièce est saturée de magie de l'air. Le vent n'est pas toujours la meilleure défense, mais il peut être une excellente attaque et un moyen de contenir son adversaire.

— Nerveuse ? demande Eithne en riant, et je suis tentée de lui lancer une des petites tornades.

Elle est amicale, mais je ne suis pas encore sûre de l'apprécier. Elle y prend un peu trop de plaisir, sans se préoccuper du fait que ses tests pourraient se solder par ma mort. Ou la perte de l'immortalité. Peu importe.

Pourtant, tout reste calme. Mon sentiment de malaise s'accroît. Cela fait-il partie du test ? S'agit-il de voir comment je me débrouille sous pression ? Eh bien, je porte mon masque de princesse et je ne crois pas que l'on puisse voir ma nervosité. Sauf la géante, apparemment. Je suis maintenant presque convaincue qu'elle est télépathe. Elle remarque trop de choses pour que ce soit une coïncidence.

Enfin, un bruit se fait entendre derrière moi et je me retourne, prête à lancer la magie de l'air sur cette personne. Mais c'est ma mère.

Beira est ici.

Mon cœur se serre. Je ne gagnerai jamais contre une déesse, encore moins contre elle. Elle est la plus puissante d'entre elles. Et, de toute façon, je ne voudrais pas lui faire du mal, pas après qu'elle a failli se faire assassiner il y a quelques semaines.

— Bonjour, ma fille, dit-elle d'une voix froide, qui ne ressemble pas à la Beira que j'ai appris à connaître.

C'est comme si elle parlait à quelqu'un de très inférieur à elle et qui l'a mise en colère. Quelqu'un qu'elle va punir pour ses crimes. Je n'ai assisté qu'à une seule séance du tribunal jusqu'à présent, mais c'est exactement ainsi qu'elle s'est exprimée. Froide, détachée, royale.

— Mère, répliqué-je avec méfiance. Pourquoi es-tu là ?

— Tu es morte. Je m'assure que tu restes morte.

Son visage est un masque de glace, ses yeux des sphères sombres sans aucune étincelle de sympathie ou d'amour.

— Tu ne peux pas le penser, bafouillé-je, reculant devant sa silhouette qui approche. Tu n'es pas toi-même.

Elle affiche un sourire sans joie.

— Oh, je suis tout à fait moi-même. J'attends ce moment

depuis ta naissance. Je peux enfin me débarrasser de toi et effacer l'erreur que j'ai commise. Sans toi, le souvenir de ton père s'estompera et je pourrai redevenir la reine que j'étais avant de le créer. Ne t'inquiète pas, ce sera rapide.

Elle lève les mains et des stalactites jaillissent de ses doigts. On dirait que des griffes lui poussent. Je trébuche en reculant, des larmes ruisselant sur mon visage. Ce qu'elle a dit... est-ce vrai ? Tout cela n'était-il qu'une mascarade ? Mais...

Elle me lance une stalactite et je réussis de justesse à étendre une de mes mini-tornades devant moi pour construire une barrière. La stalactite tombe sur le sol et se brise en mille morceaux.

Ma mère éclate d'un rire cruel.

— Ne fais pas durer les choses, Wynter. On ne peut échapper à son destin.

En réaction, je fais appel à ma magie de la terre et je crée une brèche dans le sol, changeant les carreaux en monticule devant moi. Ce n'est pas vraiment une barrière, mais au moins, cela peut servir de distraction.

— Pourquoi fais-tu ça ? m'écrié-je à nouveau, déviant l'une de ses stalactites avec un autre coup de vent.

Elle me les lance de plus en plus vite, et je remarque que mon énergie diminue déjà. Je n'ai même pas le temps de préparer une contre-attaque, je ne peux que me défendre. Mais je sais qu'elle se retient. Elle pourrait m'écraser d'une seule pensée. Pour l'instant, elle joue avec moi.

Presque paresseusement, elle lance une autre stalactite dans ma direction. Cette fois, je lance de la terre en l'air pour la bloquer. La stalactite et la boule de sable dans laquelle elle est coincée tombent au sol. Je n'ai pas le temps de me reposer. Je m'accroupis, me cachant derrière ma barrière pour n'avoir à protéger de son assaut que la partie supérieure de mon corps.

Ce n'est que lorsqu'une douleur me transperce le dos que je m'aperçois de mon erreur. J'ai pensé en termes humains, pas magiques. Dans ce monde, les stalactites ne volent pas forcément en ligne droite. Elles peuvent faire un tour et vous approcher par-derrière… comme celle-ci vient de le faire.

Je tombe sur le ventre. Les muscles de mon dos se contractent. Affaiblie, j'essaie de me relever, mais mes jambes ne fonctionnent pas. Elle m'a mise hors d'état de nuire après quelques minutes de combat. Les démons étaient un jeu d'enfant comparé à cela. Je n'ai aucune chance contre ma mère. C'était stupide d'essayer.

Soudain, elle est à mes côtés, passant un doigt froid sur ma joue. Ça pique et je bouge pour me mettre hors de sa portée, mais je suis trop faible. Les tressaillements de mon dos gagnent mes épaules jusqu'à ce que mes bras se mettent à trembler. Mais j'ai toujours accès à ma magie. Je lui demande de se relier à l'air qui m'entoure et elle le fait sans que j'aie besoin d'insister. Pour une fois, elle fait ce que je lui demande.

Entourée de toutes parts par la magie, je parviens à me redresser, soutenue par l'air qui me semble à présent presque solide. Au moins, de cette façon, je peux regarder ma mort dans les yeux.

Ma mère.

Son expression est froide, insensible. Tout cela n'était-il qu'une comédie ? Toutes ces discussions que nous avons eues, tous ces rires ? A-t-elle fait semblant d'être la personne que je pensais qu'elle était ?

Une larme coule sur ma joue, à l'endroit même où elle m'a touchée il y a un instant. Elle me brise le cœur, mais ne semble pas s'en soucier. Si seulement mes gardiens étaient là. Cependant, ensuite, je me souviens à quel point elle est forte, et je suis heureuse qu'ils ne soient pas là. Elle les tuerait sans hésiter.

J'ai envie de dire quelque chose, mais je sais que cela lui donnera l'impression que je la supplie de me laisser la vie sauve. Je ne veux pas lui donner cette satisfaction. Alors je garde le silence, observant ses yeux sombres… attendez, n'a-t-elle pas les yeux bleus ? Aussi brillants que des flocons de neige par une journée fraîche ? Alors pourquoi ressemblent-ils à des charbons ardents, brûlant de haine ?

— Tu n'es pas Beira, murmuré-je, espérant avoir raison. Tu n'es pas ma mère.

Elle sourit.

— Non, effectivement. Néanmoins, je suis ravie que tu aies cru le contraire. Qu'est-ce que cela t'apprend sur ta relation avec ta mère ?

Elle recule et une énorme stalactite sort de ses doigts. Elle est clairement destinée à me poignarder en plein cœur.

Mais maintenant que je sais qu'elle n'est pas Beira, je sais aussi qu'elle n'est pas aussi forte que je le pensais. Peut-être n'a-t-elle pas joué avec moi, après tout. Peut-être était-ce là toute l'étendue de son pouvoir. Il est puissant, certes, mais peut-être puis-je encore la combattre. Elle n'est pas ma mère, alors si je la blesse, je m'en fiche. Qui qu'elle soit, elle est mon ennemie.

Mon esprit s'éclaircit et je laisse mes émotions disparaître. Tout ce qui compte maintenant, c'est de survivre.

Ignorant la douleur dans mon dos, je m'accroche à l'air qui m'entoure et me propulse loin de la fausse Beira jusqu'à ce que je sois à l'autre bout de la pièce, dos au mur. Finies les attaques furtives par-derrière. J'ai du mal à garder mon emprise sur l'air qui me maintient en place pendant que j'amasse de la magie de feu. Jusqu'à présent, elle n'a utilisé que des stalactites, ce qui me donne un peu d'espoir. C'est peut-être tout ce qu'elle est capable de faire. Essayant de cacher mes intentions, j'utilise davantage de magie de l'air pour dévier les stalactites qu'elle a recommencé à envoyer vers moi. Je fais maintenant trois choses à la fois et mon énergie diminue rapidement. Je vais devoir être rapide et la vaincre tant que je le peux encore.

Enfin, j'ai rassemblé assez de feu. Je la relâche non pas devant moi comme je le ferais habituellement avant de l'envoyer en direction de quelqu'un sous la forme d'une boule de feu.

Non, cette fois, je conjure le feu autour de la fausse Beira, l'emprisonnant dans une colonne de feu. Elle hurle lorsque les flammes touchent sa peau. Elle semble incapable de s'échapper de sa prison brûlante, quelle que soit la quantité de glace qu'elle y jette. J'augmente la température du feu et le rapproche, jusqu'à ce qu'il n'y ait plus d'espace entre les flammes et elle.

Ses cris s'intensifient à mesure que le feu la brûle. Je détourne le regard lorsque la fumée commence à envahir l'air au-dessus d'elle, et que ses cris commencent à s'estomper.

Je viens de la brûler vive.

Quand je suis sûre qu'elle a disparu, je laisse les flammes s'éteindre et je tombe au sol. La douleur envahit mon esprit. Maintenant que je n'ai plus à me battre, la douleur m'envahit.

— Bien joué, me dit Eithne d'une voix douce en s'agenouillant à mes côtés.

Elle poste ses grandes mains sur mon dos et je sursaute, m'attendant à davantage de douleur. Mais, étrangement, la douleur s'apaise à son contact. Elle frotte ses mains d'avant en arrière et à chaque mouvement, je me sens mieux. Les fourmillements dans mes jambes s'arrêtent et je peux à nouveau bouger mes orteils.

Lorsqu'elle se lève, je me sens à nouveau bien. Plus de douleur. Même mon énergie est revenue à ce qu'elle était avant le début du combat. C'est comme si rien ne s'était passé, mais le tas de cendres au centre de la pièce raconte une autre histoire.

Je me lève d'un bond.

— Bien joué, répète Eithne. Vous avez réussi les tests. Vous pouvez retourner voir le préposé, et il vous remettra votre certificat d'immortalité.

— C'est tout ?

C'est un peu décevant. Je tue quelqu'un, et elle me dit de retourner voir le vieil homme avec ses dossiers et ses piles de papier ?

— Voulez-vous repasser l'un des tests ? me demande-t-elle sèchement, et je secoue aussitôt la tête.

Non, merci. Cela m'a suffi. Je suis mentalement épuisée et je suis sûre que cette expérience va me donner des cauchemars pendant des semaines. Surtout les choses que ma mère a dites… Non, ne nous attardons pas sur ce point. Ma priorité est de sortir d'ici, de préférence en vie.

— Je ne peux pas venir avec vous pour des raisons évidentes. Je suis sûre que vous trouverez le chemin du retour, n'est-ce pas ?

Elle pointe du doigt sa grande silhouette, et je me souviens de l'étroitesse de certains couloirs. Cela signifie-t-il qu'elle vit dans cette pièce ? C'est la seule à posséder une porte assez grande pour la laisser entrer et sortir.

Quel endroit étrange. Je suis ravie de le quitter.

*
**

Le préposé est penché sur des dossiers et marmonne tout bas. Je m'éclaircis la gorge plusieurs fois, jusqu'à ce qu'il lève enfin les yeux.

— Oh, encore vous. Oui ?

Je soupire.

— J'ai réussi les tests. Est-ce que je peux rentrer chez moi ?

Il me tend un autre formulaire. Quelle surprise !

— J'ai juste besoin d'une signature ici… et ici… et sur celui-ci…

Après m'avoir fait signer au moins dix documents, il remonte ses lunettes et rassemble quelques dossiers en une pile.

— Tout semble en ordre. Vous avez atteint l'immortalité, félicitations. Vous allez être transportée vers le lieu de votre mort.

— Euh… merci, marmonné-je, sans trop savoir quoi dire.

C'est alors que je vois le livre sur son bureau, et que je me souviens du fait que j'ai rempli un formulaire pour l'emprunter.

— Mais qu'en est-il de mon livre ?

— Il vous sera livré en temps voulu.

— Quoi ?

La bibliothèque disparaît soudain.

CHAPITRE

SEPT

e ne me sens pas différente au réveil. Je n'ai pas l'impression que quoi que ce soit a changé. C'est comme si tout cela n'était jamais arrivé. Pourtant, les yeux inquiets de mes quatre gardiens me disent tout ce que j'ai besoin de savoir. C'était réel. Quelqu'un m'a tuée. Et je suis de retour, vivante, immortelle.

— Wyn, tu as réussi, murmure Crispin, les yeux rougis. Je…

Sa voix faiblit, et il étouffe un sanglot. J'ai les larmes aux yeux de le voir aussi émotif. Il a dû me croire morte. À en juger par leurs mines épuisées, c'est leur cas à tous.

— Vous voyez ? Je vous avais dit qu'elle s'en sortirait.

Ma mère s'avance vers mon lit et les jumeaux s'écartent respectueusement, les yeux toujours rivés sur moi. Ils semblent trop choqués pour parler.

— Wyn, je suis si fière de toi.

Beira dépose un doux baiser sur mon front. Sa peau est étonnamment chaude. Lorsqu'elle s'éloigne, je vérifie rapidement ses yeux. Ils sont bleus, heureusement. Pas noirs comme ceux de cette Beira cauchemardesque que j'ai dû combattre.

— Je savais que tu t'en sortirais, mais quand même... bien joué.

Elle se tourne pour partir, mais s'arrête avant d'atteindre la porte.

— Désormais, cessez de geindre, les garçons, et trouvez celui qui a fait ça.

Mes gardiens se mettent au garde-à-vous.

— Oui, Votre Altesse, dit Storm en s'inclinant légèrement.

C'est seulement parce que je le connais très bien que je vois qu'il fait semblant d'être calme. Ses mains, qu'il plaque contre ses flancs, tremblent légèrement, et ses sourcils sont un peu plus froncés qu'à l'accoutumée.

Ma mère sort de la pièce et je suis enfin seule avec mes hommes. Ils ne se retiennent plus. Soudain, ils me prennent dans leurs bras tous les quatre et le réconfort qu'ils m'apportent est exactement ce dont j'ai besoin maintenant, même si je ne m'en suis pas rendu compte. Je vais peut-être bien sur le plan physique, mais cela ne veut pas dire que mon expérience à la bibliothèque n'a pas laissé de traces dans mon esprit. J'ai combattu ma mère, après tout, même s'il s'est avéré que ce n'était pas vraiment elle. J'ai entendu ce qu'elle a dit. Je l'ai brûlée vive.

Des mains me frottent le dos et je me délecte de la chaleur qu'elles m'apportent.

— Vous m'avez manqué, murmuré-je, mais la bouche de Frost sur mes lèvres m'empêche d'en dire plus.

Il m'embrasse doucement, comme s'il avait peur que je disparaisse à nouveau. En fait, je suis là pour rester, et je le lui montre en approfondissant le baiser, suçant avidement sa lèvre inférieure. Ces hommes sont à moi et je ne vais pas les laisser seuls.

Frost glisse ses mains sous mon t-shirt, mais l'un des autres ne tarde pas à lever mes bras et à me passer le vêtement par-dessus la tête. Dommage que je doive rompre le baiser pour cela. Je ne porte rien en dessous et je suis très consciente qu'il ne me reste que ma culotte. Celle que Storm m'a mise quand je me suis endormie après notre rendez-vous. J'ai l'impression que c'était il y a si longtemps.

Arc prend la place de Frost, ses lèvres sont beaucoup plus brutales que celles de l'autre gardien. Il me rapproche de lui jusqu'à ce que je me retrouve assise sur ses genoux. Il y a quelque chose de dur qui m'attend là. Mais je n'ai même pas le temps d'y penser que mon esprit est entièrement absorbé par le baiser exigeant d'Arc. Des mains parcourent mon dos, englobent mes seins, caressent ma peau. Tellement de sensations…

Je gémis contre la bouche d'Arc, et il prend cela comme une invitation à mordiller ma lèvre inférieure. Je le repousse avec ma langue, qu'il caresse avec la sienne. Nous nous embrassons sans relâche, tandis que les autres me touchent, que mes gardiens explorent mon corps. Ma peau me picote partout, et j'ai peur de m'évanouir sous l'assaut de sensations. Pas seulement sur le plan physique, mais aussi émotionnel. Ils sont tous les quatre ici avec moi. Je ne suis pas morte, au contraire. Maintenant, je suis immortelle. Je pourrai passer toute ma vie avec eux. Toute ma vie éternelle.

— À quoi penses-tu ? murmure Arc, et je me rends compte à cet instant que j'ai interrompu notre baiser.

Je ne parviens qu'à lui répondre que je suis heureuse, mais à en juger par l'étincelle dans ses yeux, il comprend exactement ce que je veux dire. Nous sommes ensemble. Tous les cinq. Mes magnifiques et incroyables gardiens.

Arc m'embrasse doucement sur les lèvres, comme s'il n'était pas sûr que je veuille continuer. Mais j'en ai envie. Je lui rends son baiser, pour lui montrer que c'est bon, que je le veux encore passionné et exigeant. J'aime quand ses lèvres sont dures sur les miennes. Presque brutales.

Je glisse une main entre nous, touchant son membre à travers le tissu épais de son jean. Il doit avoir mal là-dedans, entouré d'une prison si contraignante. Je tâtonne avec son bouton et sa fermeture éclair jusqu'à ce qu'il soit enfin dans ma main. Sa peau soyeuse est lisse lorsque je caresse son érection. Il gémit et rompt le baiser, se penchant un peu en arrière pour me donner un meilleur accès. Je descends de ses genoux pour qu'il puisse plus facilement enlever son jean. C'est alors que je remarque que les trois autres ont déjà retiré le leur. Même Crispin est nu et prêt pour moi.

Toutefois, il semble hésiter, et son expression est difficile à déchiffrer. Est-il d'accord avec cela ? Le fait-il seulement pour me rendre heureuse ?

Jusqu'à présent, il n'est encore jamais resté lorsqu'il y avait une quelconque interaction physique entre les autres et moi. Mais aujourd'hui, il est là, et à en juger par son érection, il me désire autant que je le désire. Les fantômes qui l'assaillent le laisseront-ils faire ?

Je glisse du lit et me dirige vers lui, cherchant son regard. Ses yeux bleus capturent les miens, me donnant la confiance nécessaire pour passer mes mains sur son torse nu. Ses muscles sont durs et bien dessinés, même s'il est le plus petit. Il n'est pas aussi costaud qu'Arc ni aussi fort que les jumeaux, mais il est quand même parfait pour moi. J'explore sa peau, déplaçant mes doigts sur son torse, puis sur son dos. Je me rapproche de lui en atteignant ses fesses, jusqu'à ce que je sente le bout de son membre contre mon ventre.

— Wyn, gémit-il, je ne suis pas sûr que ce soit une bonne idée.

J'ai envie de lui répondre que si, c'en est une, mais je sais à quel point cela doit être difficile pour lui. Je ne veux pas rendre les choses plus difficiles.

— Nous n'irons pas plus loin que tu ne le souhaites, Crisp, le rassuré-je. Ne t'inquiète pas pour ça.

— Mais je m'inquiète, dit-il d'une voix rauque. J'ai peur de ne plus être capable de te lâcher si je commence.

— Alors, ne me lâche pas…

Il met fin à ma phrase par un baiser. Il est doux, presque hésitant. Cela ressemble à un rêve, pas tout à fait réel, mais crédible. J'embrasse enfin mon gardien blond. Celui qui a essayé de rester distant pendant si longtemps.

Mon Crispin.

Je le rapproche, agrippant ses fesses jusqu'à ce qu'il n'y ait plus d'espace entre nous. Peau sur peau, lèvres sur lèvres. Notre baiser se fait de plus en plus intense, nous manquons tous les deux d'air à mesure que notre lien s'intensifie. Nous nous noyons l'un dans l'autre, sans savoir où commence je commence et où il se termine.

Son esprit touche le mien et j'ouvre mes barrières pour le laisser entrer. Comme nos corps et nos esprits sont liés, il est tout naturel qu'il s'introduise en moi. Il me porte jusqu'au lit sans jamais quitter la chaleur de mon ventre, et m'allonge sur la soie fraîche.

Je sens le regard des autres sur nous alors qu'il commence à bouger en moi, me laissant doucement m'habituer à sa présence. Il me convient parfaitement, ni trop petit, ni trop grand, juste ce qu'il faut.

Je n'arrive pas à croire que c'est notre première fois. Cela ne ressemble pas à une première fois. C'est comme si nous étions ensemble depuis des années, lui, les autres et moi. C'est normal. C'est magnifique.

Il se penche pour m'embrasser à nouveau tout en faisant ruer ses hanches de plus en plus vite. Je suis sur le point de jouir, mais je n'ai pas envie que cela arrive tout de suite. J'ai besoin d'être avec lui plus longtemps, je ne veux pas qu'il s'arrête. Je ferme les yeux et me concentre sur les sensations. Les autres prennent cela comme une invitation à toucher à nouveau mon corps. L'un d'entre eux masse mes seins tandis qu'un autre dépose de doux baisers sur mon ventre. Je gémis et j'agrippe fermement les draps, j'ai besoin de m'accrocher à quelque chose.

Les autres me caressent la peau, tout en se retenant, pour laisser à Crispin l'espace dont il a besoin. Si c'était l'un des autres, ils seraient tous sur moi, et sans doute en moi. Nous l'avons déjà fait. Mais à cet instant, c'est presque comme si Crispin et moi étions seuls.

Ses coups de reins sont de plus en plus frénétiques, et je me rapproche de plus en plus de ce point doux vers lequel je navigue. Je tends la main et l'attire plus près de moi ; je veux le toucher lorsque nous jouirons. Il accepte, me fait tourner sur le côté et s'allonge à côté de moi, jusqu'à ce que nous nous regardions dans les yeux. Il capture mon regard alors que mes gémissements s'amplifient et que je commence à trembler de façon incontrôlée. Nous y sommes presque… Presque. Encore un coup de reins…

Nous fusionnons et ne faisons plus qu'un. Alors que nos corps s'unissent, nos esprits se rencontrent dans une explosion de couleurs. Je le vois, Crispin, le vrai Crispin derrière le masque. Je vois sa noirceur, son chagrin, ses blessures. J'ai envie de tendre la main pour les faire disparaître, le guérir de l'intérieur, mais je sais que c'est impossible. Je garde cette information pour plus tard : je vais devoir l'aider à faire face à toute cette obscurité. Pas étonnant qu'il se soit retenu.

D'une certaine manière, alors que je scrute ce qu'il y a en lui, je sais qu'il fait de même avec moi. Il va voir des choses que j'essaie de cacher. Sera-t-il bouleversé ? Se détournera-t-il avec dégoût lorsqu'il verra comment je suis ?

Je me retire pour lui laisser son intimité, espérant qu'il fera de même. Un instant plus tard, je suis de retour dans mon corps, comme si rien ne s'était passé. Mon corps tremble sous l'effet de l'orgasme qui me traverse encore, fort et doux. Bouleversant. Magnifique.

Soudain, Frost se met à crier, et je suis arrachée à mon état de rêve.

— Wyn, enlève ces choses de mon visage !

Je me retourne et je vois mes ailes complètement déployées, scintillant dans l'air, palpitant presque dans la chaleur du moment. Frost se tient la joue, et je vois un filet de sang couler entre ses doigts. Je lui ai fait mal. Oh, mon Dieu ! Je l'ai blessé pendant que je faisais l'amour. Une fois encore. C'est comme si quelqu'un m'avait lancé un seau d'eau froide. J'ai tout gâché. Une fois encore. J'essaie de m'éloigner de Crispin, mais il me tient fermement, refusant de me laisser m'en aller.

— Ne pars pas, murmure-t-il. Frost va bien, n'est-ce pas ?

Le gardien en question acquiesce, mais il y a encore du sang sur sa joue. Les rapports sexuels ne devraient pas entraîner de blessures. Je suis une horrible petite amie.

— Ma chérie, ne sois pas triste.

Arc s'installe sur le lit à côté de moi et passe son grand bras autour de mes épaules nues. Ce n'est que maintenant que je remarque que mes ailes ont à nouveau disparu. Ces stupides trucs. Pourquoi se mettent-elles toujours en travers du chemin ? C'est la même chose avec ma magie : ne puis-je pas avoir une vie sans qu'elle interfère ? Si je fais l'amour avec mes gardiens, je veux qu'il n'y ait que nous, pas de magie, pas de bizarrerie. Rien qu'une femme et… plusieurs hommes qui s'amusent.

Je soupire.

— Je suppose que c'est la fin de cette soirée.

— La fin ? Non, ça ne fait que commencer.

Arc me rapproche jusqu'à ce que je sois presque sur ses genoux. Crispin a toujours un bras autour de ma taille, j'ai l'impression d'être étreinte de deux côtés. C'est une sensation vraiment agréable.

— Maintenant, souris, princesse. Souris pour moi.

Arc attend que je relève consciencieusement les coins de ma bouche, même si je ne sais pas si c'est très convaincant, puis il m'embrasse doucement. C'est un baiser rassurant, gentil, pas un baiser dans le feu de l'action. Il essaie de me réconforter, et il y parvient. Ironiquement, c'est Frost qui devrait être réconforté. C'est lui qui est blessé, pas moi. Mais Arc embrassant Frost… Je ne suis pas certaine qu'ils apprécieraient ce genre de choses. Mais ce serait vraiment torride à regarder.

Je sens mes mamelons se raffermir, et, apparemment, je ne suis pas la seule à le remarquer. Storm s'agenouille sur le lit devant moi et en prend un dans sa bouche, qu'il suce fort. Je halète et me cambre, soutenue par mes deux autres gardiens. Frost est toujours debout à côté du lit, mais ses pupilles sont dilatées quand il regarde Storm jouer avec mes seins.

Il se lèche les lèvres, puis m'adresse un grand sourire.

— Pour te faire pardonner, c'est à mon tour.

Il se dirige vers le pied du lit et m'écarte les jambes, passant doucement ses mains le long de mes cuisses nues. Elles sont fraîches sur ma peau rougie et me donnent la chair de poule. Alors que les doigts de Storm tordent mes mamelons et qu'Arc m'embrasse passionnément, mon excitation atteint de nouveaux sommets. Crispin est allongé à mes côtés, m'enserrant toujours la taille, rassuré de savoir que nous avons vu l'obscurité et que cela ne nous a pas séparés. Il s'est passé quelque chose, quelque chose que je dois explorer. Je nous croyais déjà liés, mais là, c'est encore plus fort, presque palpable.

Frost me pénètre et mon monde s'écroule.

Je suis avec mes gardiens et ils sont avec moi. Que pourrais-je vouloir d'autre ?

Quand il me fait jouir, c'est le bonheur. Quand les autres s'en mêlent, c'est carrément le paradis.

ON FRAPPE fort à la porte et je lève paresseusement la tête. Il n'y a qu'une seule personne dans le palais qui oserait frapper à la porte de la princesse de cette manière.

— Que voulez-vous, Tamara ?

— Réunion du conseil dans dix minutes ! crie-t-elle en retour.

Un chœur de gémissements de la part des garçons autour de moi accompagne son annonce.

— On est obligés ? grogne Arc qui tire la couverture sur sa tête.

Ce dernier ne se contente pas de se cacher, il commence à sucer un de mes mamelons. Je le repousse avec une pointe de regret.

— Pas maintenant, nous devons partir.

— Mais je n'en ai pas envie, se plaint-il, pressant cette fois mon autre sein.

Avec un profond soupir, je retire sa main. La femme en moi en a envie, mais l'héritière sait qu'elle a des responsabilités.

— Toucher mes seins ne me fera pas changer d'avis.

Il sort de sous la couette et sourit.

— Et si je te touchais là ?

Son pouce frotte mon clitoris encore engorgé après nos ébats. Je gémis involontairement.

— Arrête, lui dit Storm. Elle a raison, nous devons partir.

Arc se plaint bruyamment.

— Je déteste être un gardien.

Je ris.

— Crois-moi, je préférerais être une gardienne qu'une demi-déesse aux pouvoirs bizarres.

Frost me tire du lit et m'embrasse doucement.

— J'aime tes pouvoirs. En revanche, tu dois vraiment travailler sur le contrôle de tes ailes.

Il se frotte la joue, encore rouge à l'endroit où mes ailes l'ont frappé.

— Désolée, marmonné-je, rougissant d'embarras.

— Ne le sois pas. C'est mignon quand tu fais ce genre de choses. Tu te souviens comment tu m'as mis le feu ?

Comme si je pouvais oublier. Frost me donnait une leçon de maîtrise de l'eau qui s'est transformée en séance de pelotage, à laquelle j'ai mis fin dans le feu de l'action quand c'est littéralement devenu un peu trop chaud. J'ai perdu le contrôle de ma magie et je lui ai mis le feu. Sur le moment, il n'a pas trouvé cela si drôle, il a dû avoir terriblement mal. Apparemment, nous avons atteint le stade où nous pouvons en plaisanter.

Crispin, déjà habillé, me tend des vêtements. J'aimerais bien prendre une douche, mais je n'ai pas le temps. Après. Peut-être avec un ou deux gardiens. Heureusement, ma salle de bains ici est plus grande que ma chambre chez mes parents sur Terre.

Cela me fait penser… il ne me reste plus que quelques jours à patienter avant de pouvoir essayer de les contacter. Il s'est passé tellement de choses que j'ai failli oublier. Cela fait-il de moi une mauvaise fille ? Sans doute que oui. Cependant, je suis morte, alors ce devrait être une bonne excuse.

Arc est le dernier à se lever. Il marmonne et se plaint toujours, mais au moins, il se dépêche de s'habiller. J'ai hâte de le déshabiller. Mes gardiens ne sont pas faits pour porter des vêtements.

CHAPITRE
HUIT

Tous les membres importants de la cour de ma mère sont déjà assis dans la salle du conseil et nous attendent. Je redresse le dos et prends place à côté de Beira, ignorant leurs regards curieux. Storm s'assied à côté de moi, tandis que les trois autres se placent derrière ma chaise. En chemin, il m'a expliqué qu'en général, ils ne participent pas au conseil, mais que ma mère a expressément demandé leur présence.

C'est seulement la deuxième session à laquelle je participe. La première consistait à me présenter aux conseillers de ma mère et à me faire savoir que je bénéficierais d'un peu de temps pour m'adapter à la vie dans le royaume avant d'assumer des fonctions plus officielles. Cela me convenait, mais il semble que le moment soit venu de s'impliquer dans la gestion du pays.

Tamara est la seule à ne pas être assise autour de la grande table en acajou, mais sur une simple chaise derrière ma mère. Il est curieux de constater que même lors de ces réunions importantes, elle fait toujours semblant d'être moins influente qu'elle ne l'est en réalité. Sans elle, Beira aurait du mal à faire fonctionner cet endroit. Tamara est à la fois la maîtresse-espionne, le chef des renseignements et la conseillère la plus fiable de ma mère. Mais peu de gens le savent ; ils la connaissent simplement comme la maîtresse de maison, celle qui s'occupe des affaires courantes du palais. Si seulement ils savaient qu'elle est bien plus que cela...

Elle m'adresse un clin d'œil, et je me sens aussitôt plus à l'aise.

À côté de Storm se trouve Ada, la gardienne qui m'a accueillie dans le royaume lorsque nous sommes arrivés à la porte. C'est étrange de la voir seule, car elle est en général entourée de ses trois collègues et amants. C'est bon de savoir que je ne suis pas la seule à avoir plusieurs partenaires, même si, bien sûr, de nombreux ragots circulent à ce sujet. Tamara me raconte régulièrement les commérages les plus rassurants qui circulent dans le palais. C'est devenu une bonne source de divertissement pour les garçons et moi. Comparés à ce que les gens pensent de nous, en réalité, nous sommes plutôt innocents. Après tout, aujourd'hui, c'était la première fois que nous dormions tous ensemble. Non pas que nous ayons beaucoup dormi. Nous étions occupés à faire... d'autres choses.

Il y a quelques visages plus familiers autour de la table. Notamment Theodore, le guérisseur, que j'ai rencontré au début, lorsque ma magie était enfermée. Je ne suis pas certaine de l'apprécier beaucoup ; son arrogance est étouffante. Je suis heureuse que Jonathan, le chambellan, ne soit pas là, car son ego est encore plus grand que celui de Theodore.

Gwain est le maître d'armes et le supérieur d'Ada. Je crois que Storm dépend aussi de lui, s'il ne reçoit pas d'ordres directs de ma mère. C'est un homme imposant dont l'âge ne diminue pas la force, mais la renforce. Une cicatrice au niveau de son sourcil gauche raconte des histoires de batailles et d'échappées belles. C'est un homme dur, mais je l'aime bien. Il dit ce qu'il pense, ce qui contraste avec la plupart des autres membres du conseil.

Comme Magnus, le trésorier. Il lécherait les bottes de ma mère si cela pouvait lui apporter quelque chose de positif. Visiblement, il cherche à obtenir plus de pouvoir, mais je crois qu'il est trop timoré pour agir en conséquence. Néanmoins, mieux vaut le garder à l'œil. Cela dit, il est intelligent, et je comprends pourquoi ma mère le garde.

Je n'ai pas encore parlé à Algonquin, le bibliothécaire royal, ni à Zephyr, le maître des ailes. Ils sont tous les deux assez âgés, ce que je trouve toujours surprenant pour des gardiens. Ont-ils été créés ainsi ? Algonquin a-t-il toujours eu l'air d'un vieux sorcier ? Ou bien a-t-il vieilli d'une manière ou d'une autre, alors qu'il est immortel ?

Il faudra qu'un jour je demande à quelqu'un ce qu'il en est. Il est vraiment dommage que ces questions ne me viennent que lorsque je ne peux pas les poser.

Ma mère s'éclaircit la voix et la salle se tait instantanément.

— Merci d'être venus si rapidement. Il y a eu de nouveaux événements qui nécessitent une action immédiate.

Tous les regards sont tournés vers elle, captivés par ses mots et sa voix qui donne envie d'écouter et de faire tout ce qu'elle dit.

— Ma fille, Wynter, a atteint l'immortalité.

Des bruits éclatent dans la pièce, mais un unique flocon de neige flottant du plafond les réduit aussitôt au silence. J'admire ma mère pour sa manière de gérer le conseil. Elle n'a même pas besoin d'utiliser de mots pour les maîtriser. Un flocon de neige suffit à les faire taire. Waouh.

À en juger par leurs regards, je sais qu'ils pensent tous la même chose. Si je suis immortelle, c'est que je suis morte avant d'atteindre cet état. Comme j'étais en parfaite santé, cela signifie que quelqu'un m'a tuée. Je frémis de savoir qu'il y a quelques heures à peine, je n'étais qu'un corps sans vie.

— Nous avons un suspect en détention. Il a utilisé du poison, mais nous n'avons pas encore établi comment. Wyn, as-tu des informations qui pourraient nous aider ?

— Non, tout ce dont je me souviens, c'est de m'être réveillée et de ne pas m'être sentie bien. Il y avait quelqu'un dans ma chambre, mais je n'ai pas vu ses traits. Il a dit quelque chose comme « *Je suis la mort* », mais il ne m'a jamais touchée. Je crois. Je me suis évanouie avant de pouvoir appeler à l'aide.

— J'ai senti sa détresse, explique Storm d'une voix tranquille.

Ce souvenir le torture, et cela transparaît dans son ton.

— Elle était morte quand nous sommes arrivés dans sa chambre. Le poison a dû agir incroyablement vite.

Theodore se lève et s'incline devant la reine.

— Lorsque je l'ai examinée, il restait de faibles traces de magie dans la pièce, mais aucune sur son corps. Je ne crois pas qu'elle ait été… tuée, dit-il, s'éclaircissant la gorge en me regardant, mal à l'aise, par des moyens magiques. Il doit s'agir d'un poison normal.

— Rien de tout cela n'est normal, gronde Frost derrière moi, mais Storm lui jette un regard sévère qui le fait taire.

— Tu as raison, gardien, lui dit ma mère d'une voix forte. Cet assassin n'aurait jamais dû pouvoir entrer dans la chambre de ma fille. Elle n'aurait pas dû être seule non plus.

Elle lance un regard entendu à Storm, et j'ai presque l'impression de le voir rougir. Bien sûr que ma mère est au courant. Elle sait tout, et si elle l'ignore, Tamara est au courant.

— Je ne suis parti qu'une demi-heure, se défend Storm. Donc, soit, le poison lui a été administré pendant ce laps de temps et l'a tuée en moins de trente minutes, soit il lui a été donné plus tôt, et a mis du temps à agir. J'étais avec la princesse toute la journée, donc je ne crois pas que cette théorie soit bonne. À moins que… Nous avons mangé ensemble. Peut-être était-ce dans la nourriture ?

— Gwain, demande à Merrill s'il y a de nouvelles personnes qui travaillent dans les cuisines, ordonne Beira, et le maître d'armes acquiesce.

Je me sens mal pour Merrill, la cuisinière. C'est une personne adorable, toujours prête à me faire un gros câlin et me donner une part de gâteau. Elle fait partie de ces personnes naturellement câlines.

— Ada, je veux que tu interroges le suspect. Il est sans doute encore inconscient, alors emmène Theodore avec toi pour t'assurer qu'il soit dans un état où nous pourrons l'interroger.

— Oui, Votre Majesté, acquiesce Ada en se tournant vers le guérisseur. Pourquoi est-il inconscient ?

— Il a pris du poison quand nous l'avons capturé. Heureusement, je me trouvais à proximité et j'ai réussi à atténuer l'effet. Il survivra, mais il va le regretter dans les heures qui suivent. Il va beaucoup souffrir.

— Bien, dit Ada avec passion.

Cela me surprend, car en général, c'est une personne très calme. Est-elle vraiment contrariée par le fait que cet assassin ait essayé de me tuer ? Si c'est le cas, elle vient de faire un bond en avant dans ma liste de personnes de confiance au palais.

Ma mère croise les mains, apparemment calme, mais je vois bien qu'elle ne l'est pas. J'ai appris à la connaître suffisamment pour voir derrière le masque glacial qu'elle arbore en public. Au fond d'elle, c'est une personne très émotive, même si elle ne l'admettra jamais.

— Storm, je veux qu'au moins deux d'entre vous soient avec Wyn à tout moment à partir de maintenant. Ne la quittez jamais des yeux. Elle est peut-être immortelle maintenant, mais nous savons tous qu'il y a encore des moyens de la tuer.

Oui, nous le savons. Le roi de l'Été a presque réussi à tuer Beira il y a quelques semaines, et s'il possède des armes capables de cela, il est aisé de croire qu'il peut m'assassiner s'il arrive à s'approcher de moi. Lui, ou ses sbires. Je ne crois pas qu'il soit du genre à faire le sale boulot lui-même.

— Vous pensez que c'était Angus ? demandé-je, et tous les regards se tournent vers ma mère. Le roi de l'Été a été très actif ces derniers temps, alors c'est probable.

Beira ne dit rien pendant un moment, se contentant de froncer les sourcils. Puis elle dit, d'une voix hésitante :

— Ça m'en a tout l'air. La réponse paraît simple. Une chose ne me paraît pas logique. Gwain, montre-leur ce que tu as trouvé dans le couloir devant la chambre de Wyn.

Ce dernier se lève et brandit un petit objet à la vue de tous. C'est bleu et brillant, mais je n'arrive pas à distinguer ce que c'est.

— Est-ce une écaille ? s'enquiert Zephyr, qui prend la parole pour la première fois.

— Oui. Jetez un coup d'œil.

Gwain la remet au maître des ailes, et Zephyr l'examine de près.

— Je n'y crois pas…

— Pourrais-tu éclairer le reste d'entre nous ? lui demande Theodore avec impatience, et pour une fois, je suis d'accord avec lui.

— C'est une écaille de dragon. La taille d'un dragon de glace, si je ne me trompe pas.

Des murmures se font entendre dans la salle. Cette fois, ma mère doit crier « Silence ! » pour qu'ils se taisent tous.

— Je sais que c'est inquiétant. Les dragons de glace sont nos alliés, du moins, c'est ce que nous pensions. Algonquin, es-tu toujours en contact avec leur ambassadeur ?

Le bibliothécaire acquiesce.

— J'ai reçu une lettre de lui il y a deux semaines. Il n'a rien dit de spécial, mais je vais la relire, ainsi que les précédentes. Dois-je l'inviter à la cour ?

Ma mère sourit froidement.

— Non, ne l'invite pas. Convoque-le, ordonne-lui de se présenter devant moi. Même si les dragons n'ont rien à voir avec cette tentative d'assassinat, je veux savoir pourquoi l'un d'entre eux se trouvait dans mon palais.

— Bien sûr, *my lady*.

— Pendant que tu y es, travaille avec Theodore pour en savoir plus sur le poison qu'ils ont pu utiliser. Si le suspect nous le révèle, je veux m'assurer de pouvoir vérifier ses réponses.

C'est alors que je me rappelle quelque chose.

— Quand je suis morte… euh, je veux dire, quand je me suis retrouvée dans la bibliothèque, l'homme qui s'y trouvait a dit que le venin d'un dragon noir m'avait empoisonné.

Zephyr hoquète.

— Mais ils ont disparu !

— Bien sûr que non, répond froidement ma mère. Nous avons maintenant deux pistes qui indiquent toutes deux que les dragons sont impliqués d'une manière ou d'une autre. Algonquin, je veux un résumé de tout ce que tu sais au sujet du venin de dragon noir d'ici demain.

Elle balaie la pièce du regard.

— Autre chose ?

Hésitante, je tente de reprendre contenance.

— Oui, Wyn ?

— C'est peut-être une question stupide, mais pourquoi quelqu'un voudrait-il me tuer ? Je sais que je suis l'héritière du trône, mais ce n'est pas comme si j'avais beaucoup d'influence ou de pouvoir. C'est toi la responsable, ne devraient-ils pas te viser… à nouveau ?

Ma mère m'adresse un petit sourire.

— Rejoins-moi dans mon salon après cela. Nous devons parler.

Elle se tourne vers le reste du conseil.

— Je vous libère. Nous nous réunirons à nouveau ce soir afin que chacun puisse faire part de ses avancées. Avec un peu de chance, Ada aura réussi à parler au prisonnier d'ici là.

⁂

MA MÈRE EST ASSISE près du feu, le regard plongé dans les flammes, perdue dans ses pensées. Je m'assieds sur le fauteuil d'en face, tendant les mains vers la cheminée pour me réchauffer. Il fait un peu frais ici, mais c'est normal pour les quartiers de ma mère. Cela permet de rappeler aux gens qu'elle est la reine de l'Hiver.

— Savais-tu que je ne sentais pas la chaleur du feu ? me demande-t-elle soudain.

— Non. Même si tu le touches ?

— Regarde.

Elle tend la main jusqu'à ce que les flammes l'atteignent presque, mais plus elle s'approche, plus elles reculent, comme si elles avaient peur d'être touchées. La main de ma mère est au centre de la cheminée, et les flammes vacillent faiblement dans un large cercle autour d'elle. Elles semblent sur le point de mourir.

— Waouh. Peux-tu faire de la magie du feu ?

— Non, c'est l'un des rares éléments qui me résistent. Ne le dis à personne, répond-elle en riant. Je veux qu'ils pensent que je suis toute-puissante.

Je ris.

— Mais tu l'es, il n'y a pas grand-chose que tu ne puisses pas faire.

Son sourire disparaît.

— Apparemment, je ne suis même pas capable de protéger ma fille dans mon propre palais. Je suis désolée, Wyn. Cela n'aurait jamais dû se produire. Je te croyais en sécurité maintenant que tu es ici avec moi. Je n'aurais jamais imaginé que quelqu'un aurait l'audace d'essayer de t'empoisonner.

Je hausse les épaules.

— Ce n'est pas ta faute. Je commence à m'habituer à ce que les gens veuillent me tuer.

— Tu ne devrais pas avoir à le faire. Je t'ai amenée ici parce que tu étais en danger sur Terre. Je ne pensais pas que tu serais autant en danger dans mon royaume.

Je décide qu'il est temps de changer de sujet. Je ne veux pas penser que je suis en danger. J'aime assez vivre, même si je dois encore m'habituer à l'idée de l'immortalité.

— Il y a quelque chose que je voulais te demander… et tu n'as pas besoin de répondre si tu ne veux pas…

— Qu'est-ce qu'il y a, Wyn ? demande doucement ma mère.

— Pendant les épreuves, après ma mort… j'ai dû me battre contre toi.

— Oh ! s'exclame-t-elle avant de rire. Ai-je été difficile à battre ? J'espère que tu t'es servie du feu. Je ne peux peut-être pas le toucher, mais si quelqu'un de doué en magie du feu s'en sert contre moi, j'aurais du mal à m'en défendre.

Je détourne rapidement le regard vers la porte, mais elle est entourée de la lueur jaune familière, ce qui signifie que personne ne peut écouter. Bien sûr, Beira y a pensé. C'est une déesse millénaire, elle est plus intelligente et plus sage que je ne peux l'imaginer.

— Je me suis servie du feu, mais avant, tu as dit des choses… des choses méchantes.

Elle s'arrête de rire.

— Qu'est-ce que j'ai dit ? N'en crois pas un mot. Les épreuves sont destinées à te déstabiliser et te mettre au défi, à la fois physiquement et mentalement.

Je grimace intérieurement, ignorant comment aborder le sujet. Finalement, je me contente de tout déballer.

— Tu as dit que tu voulais me tuer parce que je te rappelais mon père. Que tu voulais que son souvenir meure. Est-ce vrai ?

Son visage devient encore plus blême qu'à l'accoutumée.

— Non, Wyn, je ne veux pas effacer le souvenir de ton père. J'admets qu'il est parfois difficile de penser à lui. Il est mort il y a presque vingt-trois ans, mais certains jours, c'est encore douloureux.

Je suis tenté de lui dire combien j'apprécie sa franchise, mais je ne veux pas l'interrompre.

— Ton père était un grand homme… un grand gardien. Je l'ai créé pour de mauvaises raisons, et il n'avait pas de mal à me dire que j'avais tort. C'est ce que j'aimais chez lui. Il n'avait pas peur de moi, contrairement à tous les autres. Il disait ce qui devait l'être, que cela m'offense ou non. Il était courageux, et stupide parfois, raconte-t-elle avec un petit rire. Je vois beaucoup de lui en toi.

Cette fois, je ne peux pas me taire.

— Tu me trouves stupide ?

— Pas stupide. Courageuse. Un peu téméraire, parfois. Il m'a montré qu'il était parfois bon de montrer ses émotions. J'étais restée seule pendant si longtemps, sans jamais faire confiance à personne, sans jamais me confier à qui que ce soit. Ensuite, il est arrivé, et il a brisé les barrières que j'avais érigées autour de moi. Ne me demande pas comment il a fait, mais même s'il était exaspérant et têtu, je suis tombée amoureuse de lui.

— Et lui de toi ?

Elle sourit tristement.

— Non, je ne crois pas. C'est venu plus tard. Aucun de nous n'a dit à l'autre ce qu'il ressentait jusqu'à ce qu'il soit mourant. Nous n'avons passé qu'une semaine ensemble, mais elle valait toutes les années d'attente et de déchirement. Grâce à cette semaine, je t'ai eue, Wyn, et même si cela me fait parfois mal, jamais je ne voudrais perdre le souvenir de ton père.

J'ai du mal à retenir mes larmes. Elle s'est ouverte à moi et j'ai envie de dire quelque chose, de la remercier, mais je ne trouve pas les mots. Elle m'avait parlé un peu de mon père avant, elle m'avait expliqué que c'était un gardien et qu'elle l'avait créé. Mais elle n'a jamais évoqué leur relation ni le fait qu'ils n'ont passé que très peu de temps ensemble.

Nous contemplons tous deux le crépitement des flammes et leur lutte pour la domination. Même si ma mère ne peut pas sentir la chaleur du feu, je comprends pourquoi elle aime avoir une cheminée. C'est étrangement apaisant.

— Qu'as-tu eu à faire d'autre pendant les épreuves ? demande enfin ma mère.

— Empêcher un fantôme de me tuer, sauver mes parents et tuer un sosie de Beira.

Oups. J'ai parlé de mes parents. Se sentira-t-elle insultée que je les appelle ainsi ?

— Oh, oui, tes parents. Je sais que tu essaies de les contacter… et j'approuve.

Elle m'adresse un clin d'œil et je la regarde avec surprise.

— Comment fais-tu… ?

Bien sûr, j'aurais dû m'en douter. Il ne se passe rien dans ce royaume sans que Beira le sache. Même s'il n'y avait personne dans la grotte à part mes gardiens et moi. Blaze était déjà parti. Qui le lui a dit ? Ou bien *savait-elle* tout simplement des choses ?

— Évidemment, je ne peux pas approuver en public, alors tu ferais mieux de t'assurer que je ne le découvre pas. Je crois que tes gardiens appellent ça un « déni plausible » ?

Elle ne devrait pas être au courant de cela. Je n'ai pas le courage de lui demander comment elle le sait. Je ne veux pas devenir paranoïaque à propos de ce que je dis à mes gardiens.

— Tu devrais attendre quelques jours, le temps que les choses s'apaisent. Il va y avoir plusieurs sessions du conseil auxquelles j'aimerais que tu participes. Espérons qu'Ada en saura plus sur l'assassin ce soir, cela facilitera les choses.

Elle s'interrompt, puis elle soupire.

— J'avais espéré t'épargner de prendre une part plus active dans les affaires du royaume, mais on dirait que ce n'était pas censé se produire. Maintenant que tu fais partie du conseil, on va attendre de toi que tu participes plus souvent aux réunions et que tu joues un rôle actif. Ce sera une bonne chose que d'avoir une nouvelle voix ici ; certains de mes conseillers sont enferrés dans leurs habitudes.

J'imagine sans mal à qui elle pense. Elle a raison, la plupart des membres du conseil sont âgés, et ils sont sans doute là depuis des siècles ou plus. C'est difficile à dire avec les gardiens, ils ne font jamais leur âge réel. Je n'ai toujours pas persuadé mes quatre gardiens de me dire le leur. Ils pensent que cela me donnerait un sentiment bizarre à leur égard. Je devrais peut-être le leur ordonner. De toute façon, je dois m'entraîner pour mon rôle de princesse.

— Tu as demandé tout à l'heure pourquoi Angus voulait peut-être te tuer, commence ma mère.

J'attends qu'elle continue.

Cela fait un moment que j'y pense.

— Pour répondre à cette question, je dois te donner quelques informations sur Angus et moi. On m'appelle la mère des dieux, mais pour une raison ou une autre, les gens ne le considèrent pas comme le père. Peut-être parce qu'il n'a pas créé autant de dieux que moi. Il a toujours pensé que plus il y en avait, plus son propre pouvoir diminuerait. Il a toujours eu peur, très peur, que quelqu'un vienne le supplanter. Au début, lorsqu'il n'y avait que lui et moi, il détestait ne pas être aux commandes. Nous étions faits pour gouverner ensemble, mais il ne l'a pas accepté. Il voulait être le seul. Je ne crois pas qu'il y ait eu une seule fois où il ne m'a pas détestée. Comme nous ne pouvions pas gouverner ensemble, nous avons conclu un pacte. Je serais aux commandes pendant la moitié de l'année, et lui pendant l'autre moitié. C'est ainsi que je suis devenue la déesse de l'Hiver, et lui le dieu de l'Été. Nous avons créé les royaumes, un pour chacun d'entre nous. Plus tard, nous en avons imaginé d'autres pour les dieux que nous avions créés, pour maintenir la paix entre eux. Et même si nous ne régnions sur la vie que pendant la moitié de l'année, nous devions gérer notre propre royaume le reste du temps. Angus aurait dû se réjouir de la situation, mais bien sûr, ce n'était pas le cas. Une année, il a refusé de me transmettre le trône. Entre-temps, c'était devenu une telle tradition que la nature elle-même s'y était habituée. Lorsqu'Angus gouvernait, il poussait les plantes et les animaux à se développer, à faire valoir leur potentiel. Quand c'était mon tour, je leur accordais un repos bien mérité, en les laissant dormir pendant l'hiver. La glace et l'eau étaient ravies quand je gouvernais, car elles étaient en danger permanent pendant l'été. Cet équilibre aurait dû être préservé… mais Angus ne le voyait pas ainsi. Il voulait un été éternel. Heureusement, d'autres ont compris qu'il était injuste de mettre en péril l'équilibre de la vie, et ils se sont rebellés. Avec l'aide des autres dieux, nous sommes parvenus à le chasser du trône pour que je puisse reprendre mon règne légitime. Au printemps, j'ai craint qu'il ne recommence, alors j'ai tout de même mis fin à mon règne, comme le voulait la coutume. J'ai décidé de m'élever au-dessus de tout cela, d'être la meilleure déesse. Son règne est devenu de plus en plus violent. Notre tâche était de préserver et de créer, mais ce qui l'intéressait le plus, c'était d'être craint par ses sujets. Il les a laissés mourir de faim sous une chaleur torride jusqu'à ce que tout le monde lui ait prêté serment d'allégeance, même certains dieux de moindre importance. Il n'était pas difficile de voir qu'il essayait de se faire des adeptes afin de ne pas perdre la prochaine fois qu'il me défierait. Pendant un certain temps, nous avons maintenu une paix fragile. Les saisons se sont succédé comme prévu et Angus m'a cédé le trône à l'automne, comme il était censé le faire. Puis, il a rencontré sa future femme Bridget et les choses sont redevenues difficiles. Elle a attisé sa jalousie et l'a poussé à mettre ses plans à exécution bien plus tôt qu'il ne l'avait prévu, à mon avis. Je suppose que j'aurais dû en être reconnaissante. Il n'était pas aussi fort qu'il aurait pu l'être, mais la bataille a été rude, malgré tout. J'ai perdu beaucoup de bons dieux et gardiens ce jour-là. Tout comme lui. Je sais que nombre de ses partisans ont été contraints de se plier à ses ordres. Ils ne croyaient pas vraiment à sa vision d'un été éternel. Ils savaient que c'était mal, mais comme il avait une emprise sur eux, ils se sont battus. Quelques-uns ont changé d'allégeance sur le champ de bataille.

Finalement, nous avons gagné, mais ça n'a pas été une victoire heureuse.

Beira fait apparaître un plateau avec deux tasses de thé sur la petite table entre nous. Je prends une tasse avec gratitude et m'y réchauffe les mains. Elle boit quelques gorgées avant de poursuivre.

— Après cela, j'ai réussi à le maîtriser. Il n'a plus franchi les barrières, il gouvernait l'été comme il était censé le faire. À contrecœur, et pas avec bonté, mais il a fait ce qu'on lui demandait. La bataille l'avait laissé faible et acculé, et même si Bridget ne cessait de lui murmurer à l'oreille, il a résisté à la tentation de se battre contre moi une nouvelle fois. Ensuite, il y a peut-être un siècle, j'ai entendu dire qu'il rassemblait à nouveau des disciples. C'est comme s'il ne se rendait pas compte qu'il ne peut pas gagner. Nous disposons d'un pouvoir égal, mais seulement tant que nous maintenons l'équilibre. Le sien diminue dès qu'il le rompt. Il est bien trop arrogant pour le voir. Cela fait longtemps que ses espions se glissent dans mon royaume. Nous parvenons à en retrouver la plupart, mais je suis sûr qu'il y en a quelques-uns qui passent à travers nos filets. Il y a eu quelques petites attaques… ton père a été blessé lors de l'une d'elles, quand Angus a essayé de s'emparer d'une des portes.

Elle s'arrête et boit une nouvelle gorgée de thé. Cela doit être difficile pour elle de penser à cela. Angus a tué mon père, et elle essaie toujours de maintenir l'équilibre. Je l'admire pour cela, et je ne crois pas que j'en serais capable si quelqu'un attaquait mes gardiens.

— Je suis sûr qu'il attaquera à nouveau à un moment ou à un autre. Pour l'instant, il envoie des assassins et des espions, mais dans l'ombre, il reconstitue une armée. L'expérience passée lui a cependant appris qu'il ne pourra pas gagner… à moins qu'il n'ait quelque chose de nouveau dans sa manche. Bridget l'a convaincu que ce dont il a besoin, c'est d'un héritier, quelqu'un qui partage le pouvoir d'Angus et qui peut se battre à ses côtés. Mes informateurs me disent qu'il essaie de créer de nouveaux dieux depuis un certain temps, des dieux qui ont son pouvoir. Mais bien sûr, c'est impossible. Nous sommes les dieux originels, personne n'aura jamais le même pouvoir que nous. L'étape suivante consistait à essayer d'avoir un enfant avec Bridget. Elle n'a pas été couronnée de succès. Les dieux ne peuvent pas avoir d'enfants ensemble, même s'ils essaient souvent. Nous sommes capables de créer la vie à partir de rien, mais nous ne pouvons pas avoir d'enfants comme les humains le font. Ensuite, je t'ai eue. Il y a déjà eu des demi-dieux, mais je ne crois pas qu'aucun d'entre nous n'ait pensé qu'Angus ou moi pourrions en avoir. C'est une chose que faisaient les dieux inférieurs, qui étaient plus proches des gardiens avec lesquels ils s'accouplaient. Mais tu es la preuve que c'est possible. Désormais, il a peur, il est terrorisé à l'idée que tu puisses m'aider à prendre le contrôle de son royaume. Bien sûr, ce n'est pas mon objectif, ça ne l'a jamais été, mais Angus est paranoïaque. C'est quelque chose que lui ferait s'il le pouvait, mais il n'arrive pas à croire que je ne pense pas de la même manière que lui. Il essaie d'engendrer un demi-dieu depuis ta naissance, mais pour autant que je sache, il n'y est pas parvenu. Le fait que Bridget soit extrêmement jalouse et qu'elle essaie probablement de l'empêcher de coucher avec des gardiennes n'arrange pas les choses.

Elle marque une nouvelle pause et j'en profite pour lui poser des questions.

— Mais crois-tu que ce soit possible ? Qu'il ait un enfant ?

— Je n'en suis pas sûre. Mon intuition me dit que ce n'est pas possible s'il n'y a pas d'amour. Peut-être que Bridget et lui pourraient même avoir un enfant si seulement ils s'aimaient. Mais elle n'est avec lui que par amour du pouvoir, et non pour

Angus en tant que personne. Pourquoi il est avec elle... Je n'en ai aucune idée. Elle est plutôt jolie, mais je ne pense pas que ce soit sa motivation. Pour l'instant, ils n'ont pas d'héritier et sont incroyablement jaloux que je t'aie.

— Ça paraît logique... Crois-tu qu'ils vont réessayer ?

— Oh que oui ! me dit-elle souriant avec détermination. Mais ils n'y parviendront pas.

CHAPITRE

NEUF

— C'est un dragon, annonce Ada au conseil choqué. Il n'a pas dit autre chose que du charabia, mais je crois que c'est dû à la douleur qu'il ressent encore. Je ne pense pas que des méthodes d'interrogation plus violentes soient utiles pour le moment. Nous devons attendre qu'il soit plus cohérent pour savoir s'il est l'assassin. Même si tout plaide en ce sens. Il a laissé une écaille près de la chambre de Wyn, il a ingurgité du poison quand nous l'avons capturé, et il n'avait aucune raison d'être ici.

Ma mère acquiesce, plongée dans ses pensées.

— Arc, tu es notre meilleur briseur d'esprit. L'as-tu examiné ?

— Oui, Votre Majesté, répond mon gardien en quittant sa place derrière ma chaise et en s'avançant dans la lumière.

L'entendre qualifier de « briseur d'esprit » me met un peu mal à l'aise. Cela semble bien trop violent pour mon gardien gentil et drôle.

— Il a un blocage dans la tête. Quelqu'un m'empêche

139

d'entrer. Quelqu'un de fort, de très fort. Peut-être que Votre Majesté en sera capable, mais pas moi.

— Hmm. Angus ne possède pas de grands pouvoirs mentaux, mais c'est peut-être le cas de l'un de ses dieux ou de ses gardiens. Il faut que quelqu'un le découvre.

Elle lance un regard appuyé à Tamara qui sourit et prend une note sur son porte-bloc. Une fois encore, elle est assise en retrait, pas à la table du conseil. Cela n'a pas de sens pour moi, étant donné que la plupart des personnes présentes dans la salle sauront quel est son véritable rôle, mais c'est sans doute le souhait de Tamara de rester dans l'ombre.

— Ada, réessaie demain. Theodore, quand ne souffrira-t-il plus ?

— Je ne connais pas grand-chose à la physiologie des dragons, répond le guérisseur, mais un regard sévère de ma mère le fait renoncer à ses excuses.

Demain matin, je suppose, ou dans l'après-midi au plus tard. Ses crampes diminuent déjà, mais il faudra un certain temps avant qu'il ne souffre plus du tout.

Beira sourit froidement.

— Nous n'avons pas besoin qu'il ne souffre pas, juste qu'il soit assez cohérent pour parler.

— Alors demain matin tôt, ma reine. J'y veillerai.

— Bien. Algonquin, des nouvelles de l'ambassadeur dragon ?

Le bibliothécaire secoue la tête.

— Pas encore, je vous informerai dès que j'aurai des nouvelles, Votre Majesté.

— S'il ne se manifeste pas bientôt, nous devrons préparer notre propre envoyé pour visiter le royaume des dragons. Il n'est pas acceptable qu'un des leurs vienne ici en tant qu'espion au service d'Angus. Je croyais que les dragons avaient plus d'honneur que cela.

— Avez-vous envisagé qu'ils aient pu s'allier à Angus ? demande Zephyr, hésitant, plissant son front déjà ridé.

— Bien sûr, rétorque Beira, mais son expression s'adoucit lorsqu'elle voit le vieux gardien trembler de peur.

Zephyr a l'habitude de passer toute la journée avec ses oiseaux, il ne fréquente pas beaucoup les gens. Storm m'a expliqué que le maître des ailes assiste rarement aux réunions du conseil, sauf en cas de nécessité.

— Ne spéculons pas avant d'en savoir plus. Nous nous réunirons à nouveau demain à l'aube. Storm, comme je l'ai dit, au moins deux d'entre vous doivent être avec Wyn à tout moment.

Mon gardien hoche la tête, puis me décoche un sourire. Il attend cela avec impatience, mais il va être déçu. Il faut que je discute avec Crispin. Storm a déjà eu son rendez-vous, mais pas les autres. Après ce qui s'est passé entre Crisp et moi ce matin, il faut que nous ayons une discussion. Et peut-être que nous nous embrassions.

On peut toujours espérer.

*
**

Il me faut un certain temps pour persuader Storm et les autres de me laisser seul avec Crispin. Oui, je sais que ma mère a dit que deux d'entre eux devaient être avec moi en permanence, mais ils seront dans la chambre voisine. Et ce n'est pas comme si Crispin n'était pas capable de me défendre en cas de besoin. Et puis, de toute façon, ma magie est la plus forte de toutes. Je dois répéter mes arguments plusieurs fois jusqu'à qu'ils partent enfin.

Je me retrouve à présent seule avec Crispin, assise près d'un autre feu, et je me sens un peu mal à l'aise. Comment entamer cette conversation sans que cela soit totalement embarrassant ?

Heureusement, c'est un gentleman et il le fait pour moi.

— Tout à l'heure, tu as senti quelque chose d'étrange quand nous avons… euh… joui ? demande-t-il et je hoche la tête avec enthousiasme.

— Oui ! J'allais te demander la même chose. C'était comme… comme si nous étions connectés ? Mentalement ?

— Exactement ! Pendant un instant, j'ai eu l'impression de voir à l'intérieur de ton esprit. C'était étrange, mais c'était… bien, d'une certaine façon. Comme si c'était totalement normal. C'est totalement illogique, je sais.

— Bien sûr que non, le rassuré-je. J'ai ressenti la même chose. J'ignore comment, mais j'ai aussi eu un aperçu de ton esprit. Enfin, peut-être pas ton esprit. Tes souvenirs.

Il écarquille légèrement les yeux.

— Qu'as-tu vu ?

— Je ne sais pas vraiment comment le décrire. Je n'ai pas vu d'images, mais j'ai ressenti la même chose que toi par le passé. Crispin, je ne sais pas ce qui s'est passé, mais je suis désolée que tu aies eu à souffrir autant.

Il se lève d'un bond.

— Je ne veux pas en parler.

Je me lève à mon tour et pose une main sur son épaule. D'abord, j'ai l'impression qu'il va me repousser, mais il reste là, la respiration haletante.

— L'as-tu déjà dit à quelqu'un ? demandé-je doucement.

— Non, murmure-t-il. Et je ne le ferai pas. C'est le passé, c'est fini.

— Ce n'est pas le cas.

Je le contourne et le serre doucement dans mes bras. Il est très raide, mais je veux qu'il sente que je suis là pour lui. Que je tiens à lui.

— C'est pour ça que tu ne m'as pas laissée m'approcher, n'est-ce pas ? C'est pour ça que tu as failli m'étrangler quand tu m'as montré comment fonctionne ta magie de guérison, dans le cottage de Chesca. Ça n'a pas disparu, c'est toujours là avec toi, et je crois que tu vas devoir y faire face.

Il me repousse et je trébuche en arrière.

— Tu ne sais rien ! Tu ne sais strictement rien ! Ne me dis pas de faire face à des choses que tu ne comprends pas !

Sa voix devient plus forte et son visage rougit.

— Tu as toujours eu la vie facile ! Ta mère t'a aimée, elle t'aime toujours ! Tu es née de l'amour, tu n'as pas été créée pour être une tueuse, un monstre, une…

Des larmes ruissellent sur son visage quand il s'arrête de crier. Il semble tellement perdu, tellement malheureux. Malgré moi, je m'avance vers lui, les bras grands ouverts, comme une invitation.

— Tu ne sais pas ce que j'ai fait, murmure-t-il alors que ses larmes coulent à flots.

Je sens que les miennes ne sont pas loin non plus.

— Peu importe. Tu n'as pas choisi de faire ce que tu as fait, si ?

Je fais un autre pas en avant.

— Raconte-moi, Crispin. Décharge-toi de ce fardeau. Dis-moi comment je peux t'aider.

— Tu ne peux pas m'aider. Elle m'a créé, elle a détruit tout ce qu'il y avait de bon en moi, avant de me balancer en pièces détachées. Je suis brisé, Wyn, et tu ne pourras pas me réparer. J'ai eu tort de me laisser aller, j'aurais dû rester à l'écart. J'aurais dû rester forte. Tu as les trois autres, tu n'as pas besoin de moi…

C'en est trop. Je l'enlace et le serre fort.

— J'ai besoin de toi, murmuré-je à son oreille, l'attirant contre moi alors que sa poitrine se soulève. J'ai besoin de toi et je veux que tu sois à moi. Ce que nous avons partagé… c'était spécial. Je t'en prie, ne balance pas tout ça. Nous pouvons travailler ensemble, nous pouvons recoller les morceaux. Tous les deux.

Je l'embrasse sur la joue.

— J'ai besoin de toi, Crisp.

Ses larmes coulent sur mes épaules et le long de mon dos. Je suis contente qu'il pleure. Cela signifie qu'il me fait suffisamment confiance pour le faire devant moi. Il sait que je ne le jugerai jamais pour cela. Au contraire, je l'admire de me montrer ses sentiments. Peu d'hommes le font de nos jours.

— Je ne peux pas en parler, murmure-t-il en me rendant enfin mon étreinte. C'est trop douloureux.

Je lui frotte le dos et je remarque que sa respiration devient plus lente. Tant mieux.

— Est-ce que tu peux l'écrire ? Ou le dire à quelqu'un d'autre ? Le peindre ? Il faut que tu te décharges de ça, d'une manière ou d'une autre. Le partager avec quelqu'un t'aidera.

— Comment le sais-tu ?

— Grandir sans ma mère n'a pas été facile. J'ai toujours su que j'avais été adoptée, mes parents ne l'ont jamais caché. Lorsque Beira m'a rendu visite, elle s'est montrée froide et distante. Ensuite, elle est partie, et n'a pas voulu me contacter pendant longtemps. Je me suis sentie abandonnée, seule, non désirée. À l'adolescence, je suis devenue dépressive.

Je marque une pause, et, cette fois, c'est lui qui me frotte le dos pour me rassurer. Je n'ai pas raconté à grand monde ce que je suis en train de lui dire.

— Je ne savais même pas qu'il s'agissait d'une dépression. Je n'étais pas triste tout le temps, je ne pleurais pas tout le temps. Non, je me sentais… vide, mal et sans émotion. Je n'arrivais plus à rire des blagues. Je me suis repliée sur moi-même. Je n'avais pas l'énergie nécessaire pour rencontrer des amis ou sortir après l'école. Je suis devenue un peu une ermite, quittant rarement ma chambre. Heureusement, mes parents se sont rendu compte que quelque chose n'allait pas, et ils m'ont emmenée voir un thérapeute. Il m'a fallu un certain temps pour m'ouvrir, mais parler m'a aidée. Bien sûr, je ne pouvais pas mentionner que Beira est une déesse qui vit dans un autre royaume, alors je lui ai raconté que ma mère vivait à l'étranger. À mesure que j'en parlais, j'ai compris à quel point je me sentais abandonnée. Une fois que j'ai su ce qui clochait, j'ai pu m'en occuper.

— Je suis désolé que tu aies eu à subir ça, dit lentement Crispin. Beira t'a-t-elle expliqué pourquoi elle a dû t'abandonner ?

— Oui, et cela explique beaucoup de choses. Assez parlé de moi. J'ai fait face à mes démons. Je crois qu'il est temps pour toi que tu fasses de même.

— Je ne crois vraiment pas pouvoir en parler. Mais je pourrais peut-être te montrer, si Arc nous aide. Ça signifie que tu devras le voir. Je ne voudrais pas infliger ça à qui que ce soit.

Je recule et lui souris. Je veux qu'il voie que je pense ce que je vais dire.

— Je vais le faire. Pour toi. Pour nous. On va s'en sortir, Crisp, ensemble.

Je l'embrasse histoire d'insister sur ce point.

*
**

— Oui, je peux le faire. Je n'ai pas besoin d'être avec toi, mais si tu veux arrêter, je dois être présent.

Nous avons demandé à Arc de nous rejoindre dans mes appartements et il semble qu'il soit en mesure de relier nos esprits afin que je puisse voir les souvenirs de Crispin. J'ai un peu peur maintenant, mais je ne peux pas le laisser voir à mon gardien blond. Il a encore du mal avec l'idée de me montrer ce qui lui est arrivé dans le passé. Cela a dû être quelque chose de terrible.

Au cottage de Chesca, quand il a failli m'étrangler, les autres m'ont parlé un peu de son passé. Ils m'ont expliqué qu'il a été créé par la Morrigan pour être son tortionnaire. Qu'elle l'a obligé à corrompre sa magie de guérison pour en faire un moyen d'infliger de la douleur et la mort aux ennemis de la déesse. Qu'elle lui a créé une sœur pour le garder sous contrôle. Une sœur qui a fini par mourir quand Beira a éloigné Crispin de la Morrigan.

Je me tiens prête à affronter ce que je vais voir. En savoir un peu m'aide à me préparer, mais les gars m'ont aussi expliqué que tout ce qu'ils savent, ce sont des ouï-dire, et non quelque chose que Crispin leur a confié. Il se peut donc que rien de tout cela ne soit vrai.

Je suppose que je vais le découvrir.

— Je préférerais qu'il n'y ait que Wyn et moi, dit Crispin à voix basse. Mais je comprendrais si tu voulais arrêter, princesse.

— Non, tu l'as vécu, alors je devrais être capable de regarder, décidé-je avec détermination. Allons-y.

— C'est mieux si vous êtes allongés sur le lit. Je vais demander aux autres de monter la garde, nous serons tous les trois occupés.

Nous faisons ce qu'il dit, nous nous étendons l'un à côté de l'autre, et nous nous tenons la main. Arc va chercher les autres, puis il prend place sur une chaise près du lit.

— Est-ce que c'est sûr ? demande Storm d'un air sceptique, mais je l'ignore.

C'est important, voilà ce que c'est. Qui se soucie de la sécurité ? Je pense ce que j'ai dit : si Crispin a vécu cela, je devrais avoir honte de ne pas être capable de regarder ses souvenirs.

— Je suis prête.

Crispin me serre la main.

— Pas moi, mais allons-y.

— D'accord. Crispin, il faut que tu commences avec quelque chose de simple. Un bon souvenir. Cela contribuera à vous lier l'un à l'autre. Ensuite, tu y retournes et tu lui montres ce dont tu as besoin. Si tu veux arrêter, tu dois penser au présent. Wyn, tu ne pourras rien influencer. Crisp est le conducteur, tu es le passager.

Je souris.

— Je lui fais confiance.

— Bien. Fermez les yeux. Wyn, pense à Crisp. Crisp, pense à Wyn. Songez à votre lien.

Je fais ce qu'il me dit, en repensant à tout à l'heure, quand Crispin était en moi, me serrant fort. Je souris à ce souvenir.

C'est alors que ma propre mémoire se dissout, remplacée par quelque chose d'autre.

L'obscurité.

CHAPITRE

DIX

J'ouvre les yeux et contemple les miens. Une Wyn grise et légèrement brumeuse me sourit. Non, pas à moi, au Crispin onirique qui se tient juste derrière moi. Je m'écarte, les laissant se regarder l'un l'autre.

— Où sommes-nous ? demandé-je au Crispin bien réel qui se trouve à côté de moi.

Contrairement à ce qu'il est dans ses rêves, il est solide et tout en couleurs. Le monde qui nous entoure est comme un écho, le dépeignant d'une manière légèrement différente.

— Devine.

Je regarde autour de moi. Nous sommes à la sortie du palais de ma mère, sur un chemin qui mène à l'un des villages. Il y en a cinq autour du palais, où vivent certains membres du personnel et d'autres gardiens qui souhaitent vivre près de la reine. Je m'en souviens maintenant. Crispin m'a emmené voir l'un d'entre eux, BatonVille, qui n'a absolument rien d'une ville, ne me demandez pas pourquoi ils appellent ainsi un village d'une centaine de maisons, et rendre visite à un de ses amis. Je n'avais jamais envisagé que mes gardiens puissent avoir des amis en dehors de leur groupe très uni.

Cet ami était Lucas, un homme robuste et sauvage qui était le forgeron du village. Il avait effectivement l'air de savoir manier le marteau. Il était gentil, mais beaucoup trop obsédé par le fait que je sois la princesse. Il parlait surtout à Crispin et m'ignorait. Heureusement, mon gardien a vu à quel point Lucas et moi étions mal à l'aise, et nous sommes repartis peu après notre arrivée.

Sur le chemin du retour, nous nous sommes arrêtés, et je pense que c'est là que nous nous trouvons maintenant. Je ne voulais pas retourner dans l'enceinte confinée du palais, où il y avait tant de règles à suivre.

— Nous pourrions faire un vol rapide, dit le Crispin onirique.

Le vrai pose une main sur mon épaule et pointe du doigt la Wyn de rêve.

— Regarde comme tes yeux s'illuminent à mes mots. Regarde comme tu souris. Tu es rayonnante. Tu étais si heureuse, si belle. Cela m'a fait prendre conscience de l'importance des petites choses… et du fait que voler pendant quelques minutes pouvait te rendre heureuse. Te voir ainsi me fait du bien.

Je me retourne et embrasse spontanément Crispin. Il est surpris, mais il ne tarde pas à répondre. Ses lèvres sont douces sur les miennes, son baiser est tendre. J'aime que tous mes gardiens aient leur propre façon de s'embrasser. Aucune n'est meilleure que l'autre ; elles sont toutes parfaites.

Lorsque nous nous séparons, son sourire devient triste.

— Je crois qu'il est temps de revenir au début. Je t'en prie, n'oublie pas que le Crispin que tu verras n'est pas celui que je suis aujourd'hui. Il était à vif… il avait mal. Il se faisait manipuler. Il était né pour être mauvais, et il lui a fallu du temps pour comprendre que c'était mal, m'explique-t-il avant de soupirer. Je ne suis pas sûr que ce soit une bonne idée. Je ne veux pas que tu aies une mauvaise image de moi.

Je prends sa main et la serre pour le rassurer.

— Ne t'inquiète pas. Quoi que tu me montres, cela ne changera pas l'opinion que j'ai de toi. Tu es mon Crispy.

Je ris, et il fait de même.

— Je t'en prie, ne m'appelle plus jamais comme ça. Une fois m'a suffi. Je suis toujours en colère après Blaze pour t'avoir donné ses *sparklies*.

— Oui, moi aussi. Mais j'aime bien Crispy. C'est mignon.

Il grogne.

— Je ne suis pas mignon.

— Si, tu l'es. Mon gardien mignon que j'aimerais embrasser et câliner en ce moment, lâché-je avec un soupir. Mais soyons responsables et finissons-en.

Il acquiesce, mais je vois bien qu'il est réticent. Il ne fait cela que pour me rendre heureuse. Même si je ne suis pas sûre que le mot « heureuse » soit approprié. En voulant me faire plaisir, j'espère qu'il pourra faire face à ses démons.

En un clin d'œil, le paysage change. Nous nous trouvons dans une pièce sombre qui pourrait être n'importe où. Les murs sont faits de pierre, seulement éclairés par une petite boule de lumière qui plane au plafond. Il n'y en a pas assez pour voir correctement, mais quelque chose bouge dans un coin. Je m'avance dans cette direction, curieuse. Il y a une silhouette… un homme. Il est assis contre le mur, comme s'il était épuisé, mais lorsque je me rapproche, je vois qu'il a un collier autour du cou. Il est enchaîné, et lutte pour trouver une position plus confortable.

Un autre pas en avant… et mes yeux voient ce que mon cœur savait déjà. C'est Crispin. Ses cheveux blonds sont sales et ébouriffés, les vêtements qu'il porte ne sont que des haillons. Il a l'air mince et frêle, si différent du gardien qui se tient derrière moi maintenant.

Mon cœur se brise pour le Crispin onirique, et encore une fois quand je me rappelle que c'est vraiment arrivé, à une époque. Ce n'est pas un rêve, c'est un souvenir.

— J'ai été créé environ un mois plus tôt, murmure le vrai Crispin pour ne pas perturber le souvenir. Lorsque j'ai ouvert les yeux pour la première fois, la plus belle des femmes me souriait. J'ignorais ce qui se passait, mais je me sentais chez moi. Avec cette femme dans ma vie, tout devait être bon. Je lui ai souri à mon tour. Alors elle m'a frappé. Encore et encore. Je ne savais pas ce qui se passait, ce que j'avais fait. J'ai essayé de me défendre, mais c'était comme si mes bras étaient collés à mes flancs. Elle m'a frappé en plein ventre, m'a giflé au visage… elle m'a même donné des coups de genoux entre les jambes. Quand elle s'est arrêtée, je ne ressentais que de la douleur. Elle a relâché le sort qu'elle m'avait jeté, et je suis tombé à terre, trop faible pour rester debout. Elle s'est agenouillée à côté de moi, et m'a souri à nouveau ; c'était ce même sourire qu'à mon réveil. « Je vais m'amuser avec toi », a-t-elle dit, puis elle est partie. C'est devenu un rituel quotidien. Elle venait, me souriait et me battait. J'ai perdu connaissance plusieurs fois. Grâce à ma magie de guérison, j'étais à nouveau en bonne santé à chacune de ses visites. Ma vie est devenue souffrance, rien d'autre que de la souffrance.

Il s'interrompt un instant, puis pointe du doigt le Crispin onirique.

— J'ai essayé de m'échapper. C'était le jour suivant. Elle m'a traîné dans cette pièce, m'a passé un collier autour du cou, et m'a enchaîné au mur. En raison de la position dudit collier, j'ai dû rester assis en position semi-courbée. C'était une véritable agonie. Elle parvenait à me faire souffrir même quand elle n'était pas avec moi.

La porte s'ouvre, l'interrompant. Je me réjouis presque de cette pause. Il est insupportable de le voir souffrir, d'entendre ce qu'il a dû endurer. Mais, d'un autre côté, je suis impressionnée par le fait qu'il me le raconte.

Une femme entre. Ce doit être *elle*. Sa créatrice. La Morrigan.

Elle est éblouissante. Ses cheveux lisses et noirs tombent jusqu'à sa taille, assortis à ses yeux charbonneux. Sa peau est pâle, mais radieuse, le genre de peau ivoire et sans défaut pour laquelle la plupart des femmes tueraient. Ses pommettes hautes lui donnent un air altier et ses lèvres légèrement retroussées ne font qu'ajouter à sa majesté. Elle ressemble autant à une reine que Beira. Si ma mère dégage un air froid et détaché, la Morrigan respire la cruauté. Son règne n'est pas empreint de sagesse. Elle gouverne par la force et le châtiment.

— Mon petit garçon, comment te sens-tu ?

Elle se met à genoux devant le Crispin onirique et passe un doigt pâle le long de sa mâchoire, l'obligeant à le regarder.

Il ne répond pas, et je suis fière qu'il fasse preuve de tant d'audace malgré sa faiblesse.

— Je suis tellement contente que tu aies essayé de t'échapper. J'ai cru que je devrais continuer à te battre plus longtemps, dit-elle avec douceur, et il la regarde, confus. Oh, oui, tu étais censé t'échapper. C'est le signe que tu es prêt pour la prochaine étape de ta formation.

Elle claque des doigts et le collier de Crispin tombe, le libérant ainsi. Il s'écroule sur le sol et étire son dos. Il doit souffrir le martyre après être resté si longtemps dans cette même position inconfortable.

La Morrigan lui sourit, mais ses yeux restent cruels.

— Je suis désolée d'avoir dû te faire ça. Cela ne m'a procuré aucun plaisir. Mais tu dois comprendre la douleur. Comment pourrais-tu l'infliger sans l'avoir ressentie d'abord ?

Quelle ordure ! J'ai envie de la tuer, ici et maintenant, mais ce n'est pas possible. Il s'agit d'un souvenir, pas de la réalité.

Le Crispin onirique est soudain soulevé du sol jusqu'à ce qu'il flotte à la verticale.

— Viens avec moi, mon chéri, dit la Morrigan, comme s'il avait le choix.

Elle quitte la pièce et il flotte derrière elle, son expression montrant clairement qu'il lutte contre l'emprise qu'elle a sur lui. Bien sûr, en tant que l'une des principales déesses, elle possède beaucoup plus de pouvoir que n'importe quel gardien ne pourrait jamais espérer en avoir.

Je me tourne vers le vrai Crispin. Des larmes ruissellent sur son visage.

— Je crois que je ne peux pas faire ça, murmure-t-il. Je ne veux pas voir ce qu'elle a fait ensuite. Ce que j'ai fait.

Je le serre dans mes bras, insufflant autant de chaleur et d'amour que possible dans cette étreinte. Il souffre et je n'ai pas envie de le voir comme ça, mais je sais aussi que c'est nécessaire. Il doit me montrer ce qui s'est passé. J'ai peur de découvrir ce qu'elle lui a fait. Elle est désormais numéro un sur ma liste de personnes à tuer, avant même Angus. Si jamais je la rencontre en personne, cela se terminera par un bain de sang.

— Faisons-le ensemble. Tu peux y arriver. Je suis déjà si fière de toi, avoué-je en l'embrassant sur la joue. Crispy.

Malgré ses larmes, il s'esclaffe.

— Je t'ai dit de ne pas m'appeler comme ça.

— Que vas-tu faire pour m'en empêcher ? le taquiné-je, espérant qu'il jouera le jeu.

Mais il n'en a pas l'occasion. Un cri déchire le silence et Crispin écarquille les yeux. Ce n'était pas sa voix. Quelqu'un d'autre hurle, un autre homme.

Je prends la main de mon gardien et l'entraîne avec moi, hors de la pièce et le long du couloir où la Morrigan est passée il n'y a pas si longtemps. Lorsque nous arrivons à un croisement, je regarde Crispin, ignorant dans quelle direction tourner. Les cris se sont arrêtés, nous ne pouvons donc pas les suivre.

Il soupire lourdement et tourne à droite, ouvrant la voie. Nous entrons dans une grande pièce très éclairée. Au milieu se trouve une table métallique sur laquelle est allongé un homme nu, les poignets et les chevilles enchaînés. La Morrigan se tient au bout de la table et sourit au prisonnier qui se trouve devant elle. Lui arrive-t-il de ne pas sourire ?

Le Crispin onirique se tient à ses côtés, il ne vole plus, mais semble avoir du mal à se maintenir debout. Il est définitivement trop faible pour s'enfuir, et la déesse le sait. Il fixe l'homme du regard, avec une expression étrange. Est-ce… de la haine ?

— Tu le reconnais, mon chéri ? demande la Morrigan au Crispin onirique avec sa voix aiguë.

— Il m'a battu, murmure-t-il d'une voix rauque, tandis qu'elle acquiesce avec un sourire indulgent.

— Oui, mon chéri, il t'a battu. Quel homme horrible. Mais, aujourd'hui, tu peux lui rendre la pareille. Tu vois, il a fait de mauvaises choses, et je dois le punir. Veux-tu m'aider ?

Elle parle à Crispin comme à un enfant. Son faux sourire m'exaspère et j'ai envie de l'effacer de son visage parfait. Si seulement c'était réel.

— C'est très facile. Pousse ta magie en lui, jusqu'à ce que tu aies l'impression que son corps est comme le tien.

Elle passe un bras autour du Crispin onirique et le conduit

aux côtés de l'homme nu. Mon gardien a les yeux écarquillés, mais il n'offre aucune résistance quand elle pose sa main droite sur le ventre du prisonnier. Celui-ci commence à se débattre davantage.

— Ferme les yeux, gazouille la Morrigan, et le Crispin onirique s'exécute.

— Maintenant, pousse ta magie dans son corps, pas dans son esprit.

Je frémis en me rappelant que Crispin m'a appris à le faire au cottage de Chesca. C'était juste avant qu'il ne manque de m'étrangler. Pas étonnant que cela ait joué le rôle de déclencheur pour lui.

— Très bien, mon chéri, murmure-t-elle avec douceur. Maintenant, cherche les nerfs dans son dos.

Le Crispin onirique acquiesce comme s'il était en transe. Il est sous son charme, même s'il ne le sait pas.

— Fais-lui ressentir de la douleur. Rappelle-toi comment il t'a battu. Faites-lui ressentir la même souffrance. Stimule les nerfs jusqu'à ce qu'il n'en puisse plus.

L'homme nu recommence à crier. C'est une plainte aiguë qui me déchire le cœur. Je voudrais l'aider, mais c'est impossible. Le front du Crispin onirique est plissé sous l'effet de la concentration, mais il n'arrête pas ce qu'il fait. Les jambes du prisonnier s'agitent de manière incontrôlée et ses cris sont de plus en plus forts.

Un sanglot me pousse à me tourner vers le vrai Crispin à côté de moi. Son visage est pâle, ses yeux injectés de sang.

— Je n'étais pas moi-même, murmure-t-il. Je n'étais pas moi-même. Je n'étais pas moi-même.

— Chut, ça va aller. J'essaie de le réconforter. Malheureusement, il évite mon regard et même mon contact.

— Évidemment que tu n'étais pas toi-même. Le Crispin que je connais ne ferait jamais de mal à personne, le rassuré-je, mais les hurlements de l'homme devant nous racontent une autre histoire.

J'ai la chair de poule en voyant un sourire sur le visage du Crispin onirique. S'il vous plaît, non… Je ne veux pas le voir comme ça. Mieux vaut le voir enchaîné dans cette pièce sombre que de le voir sourire pendant qu'il torture un homme.

La Morrigan rit en tapotant la tête du Crispin onirique comme un chien.

— Tu es encore mieux que je ne l'imaginais ! Oh chéri, je suis si fière de toi !

Le vrai Crispin tombe à genoux et s'entoure de ses bras. Je m'agenouille à côté de lui et je tends un bras pour l'étreindre, mais il secoue la tête.

— Non.

Me détourner et me lever est l'une des choses les plus difficiles que j'aie jamais faites. Il souffre, et je ne supporte pas de le voir ainsi. Mais je veux aussi respecter ses souhaits. Je dois lui laisser de l'espace.

Essuyant une larme, je reporte mon attention sur le souvenir que j'ai sous les yeux. L'homme sur la table ne bouge plus, mais sa poitrine se soulève et s'abaisse ; au moins, il n'est pas mort. Le Crispin onirique a ouvert les yeux, et maintenant il regarde la Morrigan avec une expression rêveuse. Que se passe-t-il ? A-t-il oublié ce qu'elle lui a fait ? Qu'elle l'a battu tous les jours pendant un mois ? Qu'elle l'a enchaîné à un mur comme un animal ?

— Demain, tu pourras refaire la même chose. Tu aimerais ? Faire du mal à l'homme qui t'a fait du mal ?

Sa voix est douce, mais j'entends le poison qui s'y cache. Elle empoisonne l'esprit de Crispin avec succès. Il est vulnérable, il ne connaît que la maltraitance. Je dois me rappeler qu'il n'a qu'un mois à ce stade. Elle fait preuve de gentillesse envers lui, et il s'y accroche avec avidité. Agirais-je différemment ?

Sans crier gare, la scène change. Nous sommes dans un couloir sombre, la seule lumière provient de la lune à l'extérieur des grandes fenêtres. Devant nous, le Crispin onirique se faufile dans le couloir, il reste proche du mur, se cachant dans l'ombre. Je vérifie que le vrai Crispin est bien à côté de moi. Son visage est un masque de peur, mais il m'adresse un hochement de tête courageux.

— Tu t'en sors très bien. N'oublie pas à quel point tu es fort. Le simple fait d'être ici le prouve.

Il sourit un peu et je me tourne vers le Crispin onirique, le cœur un peu plus léger. Peu importe que son sourire soit minuscule, il me donne l'espoir qu'il s'en sortira.

Nous suivons la silhouette fantomatique à travers un labyrinthe de couloirs jusqu'à atteindre une porte ornementée. Le Crispin onirique l'ouvre sans bruit, et nous nous empressons de le suivre avant qu'il ne referme derrière lui.

C'est une chambre à coucher, richement décorée de tapisseries et de tapis coûteux. Au milieu de la pièce se trouve un lit à baldaquin. Il s'agit de la maison d'une personne riche, il n'y a aucun doute à ce sujet.

Le Crispin onirique s'approche du lit et baisse les yeux sur la personne qui y dort. Il tend la main et touche la poitrine de la femme. Elle est âgée, ses cheveux blancs sont éparpillés autour de sa tête sur l'oreiller. Il ferme les yeux et la femme s'arrête de respirer.

Il l'a tuée. Crispin a assassiné quelqu'un. Oh, bon sang ! C'est donc vrai ! Crispin était un tueur. Sans se retourner vers la morte, le Crispin onirique quitte la pièce. Nous le suivons jusqu'à l'extérieur de la maison. Il déploie ses ailes, et bondit dans l'air.

Je lance un regard interrogateur au vrai Crispin, qui hoche la tête.

— Nous devons le suivre. Je t'expliquerai en vol.

Je déploie mes ailes et je vole. Le sentiment d'exaltation que j'éprouve habituellement n'est pas au rendez-vous. Je suis trop occupée à essayer d'éviter de penser à la femme morte dans son lit à baldaquin. Qui était-elle ? Qu'a-t-elle fait pour mériter de mourir ?

Nous volons en silence, suivant le Crispin onirique à travers la nuit. Il est rapide, comme s'il était pressé d'arriver à destination.

— À ce stade, j'étais son assassin depuis des décennies, explique Crispin à voix basse, et je lutte pour l'entendre. J'ai tué et torturé chaque fois qu'elle l'a ordonné. C'est devenu ma vie. Elle me disait quoi faire et je m'exécutais. Ensuite, elle me souriait, et pendant un instant, c'était comme si un rayon de soleil apparaissait dans l'obscurité qui régnait en moi. Je ne vivais que pour ses sourires. Je voulais qu'elle soit fière de moi. C'était la seule personne à qui je parlais. Elle a pris soin de m'isoler. Je n'ai jamais parlé à mes victimes. Je leur ai infligé la douleur ou la mort, sans jamais leur adresser la parole. Je dormais dans une chambre reliée à la sienne, et parfois il lui arrivait de me rejoindre le soir pour me dire à quel point je me comportais bien. Alors je souriais et je dormais bien, en me disant que je l'avais rendue heureuse. J'avais oublié la douleur qu'elle m'avait fait endurer au début. Je ne me souviens pas de tout ce qui s'est passé à l'époque. Je n'étais qu'une coquille vide, je faisais ce qu'on me demandait, je ne pensais pas à ce que cela signifiait de tuer quelqu'un. J'existais, mais je ne vivais pas. Au fil du temps, les choses ont lentement changé. Je suppose que j'ai développé une conscience. Cela a commencé lentement. Je me servais de méthodes moins douloureuses pour torturer ses victimes. Je ne prolongeais pas la mort comme elle l'ordonnait parfois. Je prétendais avoir perdu le contrôle de ma magie, toutefois elle a vite remarqué que je n'étais plus aussi loyal que je l'avais été. Alors elle a trouvé un nouveau moyen de me contrôler. *Lily*.

CHAPITRE

ONZE

L'aube se lève. Un reflet doré s'étend à l'horizon, rappelant la note d'espoir du récit de Crispin.

Le Crispin onirique descend, et nous le suivons. Nous approchons d'un palais sombre, presque aussi grand que celui de ma mère, mais les pierres sont noires au lieu d'être blanches. Les tourelles sont dentelées et hérissées de pointes, semblant percer le ciel. Ce n'est pas un endroit accueillant, mais il semble que ce soit notre destination.

Le Crispin onirique atterrit sur l'une des tours et, quelques instants plus tard, nous faisons de même. Nous descendons par un escalier étroit jusqu'à une simple salle circulaire. Il n'y a pas de porte en dehors de celle qui mène à une petite salle de bains ; le seul moyen d'y accéder est de passer par le toit. Ce n'est pas un problème pour les gardiens, cependant, et je suppose que la Morrigan a aussi des ailes.

Dans la chambre, le mobilier se résume à un lit, une armoire et un berceau. Le Crispin onirique se précipite vers ce dernier et y prend un bébé.

Oh. Lily. Est-ce la sœur dont Storm a parlé quand il a évoqué le passé de Crispin ?

Elle dort en suçant joyeusement son pouce. Le Crispin onirique arbore un immense sourire en la portant jusqu'au lit, où il s'assied avec elle dans ses bras. Ses yeux sont remplis d'amour pour ce petit bébé. Il ressemble bien plus au Crispin que je connais. Chaleureux, joyeux, doux. Pas du tout comme celui que nous avons vu, il y a peu, tuer une femme sans défense. J'ai la nausée. Dans mon esprit, il n'est pas possible qu'il s'agisse d'une seule et même personne. Le tueur impitoyable et l'homme qui sourit à un bébé.

Le vrai Crispin s'approche du lit et regarde la jeune fille endormie. Une larme coule sur son visage, mais il sourit. Son sourire est triste, pour autant il est là.

— Elle était une expérience, commence-t-il, sans jamais détourner son regard du bébé. La maîtresse… la Morrigan voulait voir si un gardien créé sous la forme d'un bébé grandirait. Comme ce n'est pas arrivé, elle m'a ordonné de la tuer. Je ne pouvais pas. Même dans cet état de ténèbres, je ne pouvais pas tuer un bébé. Lorsque j'ai refusé, la Morrigan a souri. Avant, j'aurais fait n'importe quoi pour ce sourire, mais soudain, je l'ai trouvé révoltant. Lily m'a ouvert les yeux sur la cruauté de la Morrigan, mais elle s'en est servie contre moi. On m'a confié Lily pour que je m'occupe d'elle, ce que j'ai fait avec plaisir. En échange de sa sécurité, je devais faire ce qu'on exigeait de moi. J'ai dû redevenir le monstre cruel que je venais de commencer à laisser derrière moi.

Le Crispin onirique caresse doucement les cheveux duveteux de Lily. C'est étrange de penser qu'elle restera un bébé toute sa vie. Quelle cruauté de la part de la Morrigan de faire une telle expérience ! Après ce que j'ai vu aujourd'hui, cela ne devrait pas me surprendre. La vie ne signifie rien pour elle, tout ce qu'elle veut, c'est la douleur et la destruction. Elle semble s'épanouir grâce à cela. Penser que Crispin a été son esclave pendant si longtemps… Mon cœur est bien trop brisé pour se briser à nouveau. Il va me falloir un certain temps pour digérer. Savoir que mon magnifique, mon merveilleux Crispin a commencé en tant que meurtrier sans cœur, à se plier aux volontés de la Morrigan… non. Je ne comprends pas comment cela a pu se produire.

— C'est à cette époque que j'ai appris que j'étais un homme recherché, poursuit Crispin. Ils croyaient que j'étais un assassin solitaire, ils ignoraient que la Morrigan me contrôlait. C'est Beira elle-même qui a ordonné ma capture. Alors, j'ai élaboré un plan. La Morrigan menaçait davantage Lily chaque jour. Je ne pouvais pas continuer à tuer en son nom. Je devais trouver un moyen de m'en sortir.

La scène change, la pièce se transforme en un endroit très familier : la chambre de ma mère. J'adresse un regard interrogateur à Crispin, mais il ne répond pas ; au lieu de cela, il regarde le Crispin onirique qui se faufile vers le lit de ma mère. Cela me rappelle la scène que nous avons regardée plus tôt, quand il a assassiné la vieille femme. Il ne va tout de même pas essayer de tuer Beira ?

Non. Lorsqu'il arrive à son chevet, il s'agenouille sur le sol en baissant la tête.

— Votre Majesté, dit-il d'une voix forte et claire, et Beira se redresse, tout à fait réveillée.

— Je me demandais ce que tu allais faire. C'est donc toi, le fameux assassin ?

S'il est surpris qu'elle ait su qu'il était dans la pièce, il n'en montre rien.

— Je suis ici pour me rendre. Je vous demande seulement de

libérer quelqu'un des griffes de la déesse qui m'a retenu prisonnier.

— Et qui est-ce ? demande froidement ma mère.

— La Morrigan.

Une expression choquée passe sur le visage de ma mère avant que son masque ne se remette en place.

— Tu prétends que la Morrigan t'a retenu captif ?

Le Crispin onirique hoche la tête.

— Elle m'a créé et m'a contraint à accomplir ses volontés. J'ai tué sur ses ordres, mais ce n'est pas une excuse. Faites de moi ce que vous voulez, mais s'il vous plaît, libérez Lily. C'est une autre création de la Morrigan, mais elle est innocente. Elle doit être sauvée, elle ne mérite pas de mourir.

— Et pourquoi ferais-je cela et interviendrais-je dans les affaires d'une autre déesse ?

Je n'arrive pas à croire que ma mère vient de dire cela. Elle doit bien être responsable des actes des autres dieux ? Elle a le rang le plus élevé de tous, à l'exception d'Angus, bien sûr.

— Parce que vous êtes la mère des dieux, dit calmement le Crispin onirique. Vous ne laisseriez personne souffrir si vous pouviez l'aider.

— Ah bon ? réplique ma mère d'une voix toujours aussi froide. Un léger sourire se dessine sur ses lèvres.

— Non, vous ne le feriez pas.

La conviction de Crispin s'entend dans sa voix, et je sais que ma mère la voit aussi. Elle soupire.

— Tu vas devoir m'en dire plus sur les agissements de la Morrigan.

Je me détourne lorsqu'il commence son histoire funeste, m'accrochant au vrai Crispin. Nous pleurons ensemble tandis que le Crispin onirique raconte toute la douleur qu'il a causée au nom de la

Morrigan. Qu'il avoue qu'elle a tué des centaines, non, des milliers de personnes. Qu'elle a fait des expériences sur les gardiens, qu'elle a créé des abominations pour mieux les torturer et les tuer peu de temps après. C'est pire que ce que j'aurais pu imaginer.

— Comment as-tu survécu ? chuchoté-je.

— Je ne sais pas. Je crois que je n'ai pas vécu avant de faire la connaissance de Lily.

— Que lui est-il arrivé ?

Il s'accroche à moi et respire profondément.

— La Morrigan l'a tuée quand Beira a pris d'assaut son palais. Ensuite, elle s'est échappée. Tout cela n'a servi à rien. Lily est morte et la Morrigan a disparu. La vie que je venais de commencer à vivre a disparu devant mes yeux. J'avais envie de mourir, je ne me sentais pas digne de vivre. Beira ne m'a pas laissé faire. Elle ne m'a même pas emprisonné pour ce que j'avais fait. Au lieu de cela, elle m'a envoyé vivre avec Freya, l'une de ses amies. Elle ignorait qui j'étais. Elle croyait que Beira m'avait envoyé auprès d'elle comme un cadeau, en guise de nouvel amant. Je n'étais pas son genre, mais elle m'a quand même gardé. Il m'a appris à jouer aux échecs, à boire, à rire. Elle m'a aidé à oublier. Nous devrions lui rendre visite un jour.

Nous nous séparons. Ses larmes ont séché et les miennes aussi. Je bouillonne intérieurement à l'idée que la Morrigan ait échappé à la justice, mais je suis heureuse qu'en fin de compte, Crispin ait réussi à commencer une nouvelle vie. Mes larmes redoublent quand je pense à Lily. Comment peut-on tuer un bébé ? Il n'y a rien de plus innocent qu'un nouveau-né. La rage remplit mes veines. La Morrigan n'a jamais été punie, mais d'une manière ou d'une autre, je ferai en sorte qu'elle le soit. Elle doit payer pour ce qu'elle a fait. Je m'assurerai qu'il en soit ainsi, quitte à ce que ce soit la dernière chose que je ferai.

✷
✷✷

Nous nous réveillons dans les bras l'un de l'autre. Crispin me regarde d'un air hésitant, comme s'il se demandait si j'avais changé d'avis.

En réponse, je l'embrasse sur le nez. Arc glousse derrière moi.

— Dois-je me joindre à vous ?

— Non, Crispin et moi avons besoin d'être seuls, déclaré-je résolument. Avec un grognement déçu, il s'en va en emmenant les deux autres gardiens.

— Est-ce que tu vas bien ? demandé-je à Crispin d'une voix douce.

Il hésite avant de répondre.

— Je n'en suis pas sûr. Je crois que je dois me faire à l'idée que quelqu'un… que toi… tu as vu mes souvenirs. Je n'en avais jamais parlé à personne, et maintenant… je ne sais pas trop quoi penser.

— Prends ton temps, mais je serai toujours là pour parler.

— Je sais, me répond-il en souriant. Tu avais raison. Partager tout ça m'a permis de me sentir mieux. Merci.

— Avec plaisir, murmuré-je. Que dirais-tu d'un peu de distraction ?

Il fronce les sourcils.

— Tu me veux toujours ? Après avoir vu tout cela ?

Je me rapproche de lui jusqu'à ce que nos corps se touchent.

— Oui. J'aurai toujours envie de toi.

Pour enfoncer le clou, je glisse mes mains sous son t-shirt, touchant son torse lisse.

D'un mouvement brusque, il me tire jusqu'à ce que je sois à califourchon sur lui. Sa bouche cherche la mienne et il

168

m'embrasse avec avidité. Je lui rends son baiser, poussant sa langue contre la mienne, lui prouvant que je le désire. Tout entier. Avec son passé, son présent, son avenir.

***

Je suis reconnaissante aux autres de nous avoir laissé un peu de temps seuls. Enfin presque une journée seuls. Ils croient sans doute que nous nous sommes envoyés en l'air comme des lapins, mais en réalité, nous n'avons rien fait d'autre que de nous embrasser. Nous nous sommes peut-être un peu touchés aussi, mais je crois que ni l'un ni l'autre n'avait l'énergie nécessaire pour aller plus loin. Alors nous sommes restés allongés, nous serrant l'un contre l'autre, nous réconfortant mutuellement. Ce n'est pas parce que j'ai vu les blessures de Crispin qu'elles sont automatiquement guéries. Au contraire, je pense qu'il est à vif en ce moment, avec de vieux souvenirs qui remontent à la surface. Il m'a réveillée plusieurs fois en gémissant dans son sommeil. Je me sens mal de lui avoir fait subir cela, mais je sais aussi que c'est nécessaire. Il ne sera utile à personne s'il n'est pas capable d'oublier son passé.

Je le contemple dormir. Ses cheveux blonds en désordre couvrent son front, sa bouche est détendue et laisse entrevoir un sourire, malgré tout ce qu'il a traversé. Même si j'ai vu une partie de son passé, je sais qu'il ne m'a montré que quelques aperçus. Il a dû lui arriver d'autres choses terribles, mais on ne s'en rend pas compte en le regardant. Il n'a pas de cicatrices sur la peau, mais elles persistent juste en dessous, cachées jusqu'à ce que l'on regarde sous la surface. Je suis heureuse de l'avoir fait. Cela me fait l'aimer encore plus et me fait comprendre pourquoi il est resté en retrait si longtemps.

J'ignore encore comment, mais je vais faire payer la Morrigan pour ça. Je dois parler à ma mère : peut-être sait-elle où se cache la déesse. Il doit y avoir des rumeurs ; une déesse aussi arrogante et fière que la Morrigan ne peut pas disparaître sans laisser de traces. Ma mère a-t-elle à l'œil tous les dieux qu'elle a créés ?

J'espère que oui.

— Bonjour, murmure Crispin d'un air endormi, et je chasse mes pensées.

Elles peuvent attendre.

— Comment as-tu dormi ?

— Est-ce que c'est ringard de dire que j'ai bien dormi en sachant que tu dormais à côté de moi ?

Je ris.

— Oui, je dirais que c'est ringard. Mais ça va si tu ne l'es que de temps en temps.

Je ne précise pas que je suis consciente de tous ses retournements, de ses gémissements. Il n'a manifestement pas bien dormi, mais je vais laisser passer cela pour l'instant.

— Tu es mignonne quand tu as les cheveux en bataille, marmonne-t-il, pas encore tout à fait réveillé.

Je ris et lui ébouriffe les cheveux.

— Tu es plutôt mignon aussi. Tu veux dormir encore un peu ?

Il a l'air tenté, mais il secoue la tête.

— Je crois que nous avons du travail. Voyons si ta mère a des nouvelles de l'assassin qu'ils ont attrapé. Ils doivent déjà avoir pu l'interroger.

Mon cœur se serre à cette idée. Cela ne fait pas assez longtemps que je suis dans le royaume pour savoir quel type d'interrogatoire est pratiqué ici. S'agit-il de torture médicale ? Ou de magie de l'esprit, comme le fait Arc ? Ou posent-ils simplement des questions sans violence ? C'est difficile à dire… certaines choses ici sont assez démodées. En même temps, ma mère est bien moins violente que les gens ne le pensent. En réalité, elle a bon cœur, quelle que soit l'épaisseur de la carapace glacée qui l'entoure.

*
**

L'ASSASSIN n'a pas l'air très méchant. Il ressemble plutôt à un Viking triste, avec une tignasse de cheveux blond foncé, une large stature et des vêtements en lambeaux.

Il est assis dans sa cellule, entourant ses jambes de ses bras, l'air perdu. Il est jeune, il doit avoir environ vingt-cinq ans. Il ne ressemble pas non plus à un dragon, mais je n'en ai jamais rencontré auparavant. Je suppose qu'ils sont comme les loups-garous dont on parle sur Terre et qui peuvent changer de forme. Dans le cas contraire, c'est un dragon très décevant.

La cellule n'est pas non plus comme je l'avais imaginée. Ce n'est pas un donjon sombre avec des barreaux de fer. C'est une pièce blanche sans barreaux ni porte. Seul un mur de glace translucide et scintillant se dresse entre nous. Il a l'air fragile, mais je suis sûr qu'il est aussi solide que du cristal. Le seul prisonnier à s'être échappé du palais de ma mère est Colan, mon père, et je ne suis pas persuadée qu'elle ne l'ait pas laissé s'évader.

Ada et ses gardiens montent la garde et surveillent attentivement le prisonnier. Ils s'inclinent devant moi tandis que je me détourne de l'assassin.

— A-t-il déjà parlé ?

Ada grimace.

— Oui, mais il n'a rien dit qui puisse nous aider. Il parle de compagnons et de liens, mais cela ne semble pas avoir de sens. Je crois qu'il n'est pas tout à fait bien dans sa tête.

L'homme se réveille en entendant la voix d'Ada. Apparemment, la barrière qui nous sépare de sa cellule n'est pas insonorisée.

— Ne résistez pas à l'appel de l'accouplement, crie-t-il soudain, ses yeux fous rivés sur Ada, avant de retomber dans sa position précédente.

— Vous voyez ce que je veux dire ? demande Ada, qui soupire de frustration. Rien de ce que nous avons essayé jusqu'à présent n'a fonctionné. Le guérisseur dit qu'il va bien physiquement, mais il est clair qu'on ne peut pas en dire autant de son esprit. Si seulement nous savions s'il est toujours comme ça ou si c'est dû à quelque chose !

Elle baisse la voix.

— J'ai presque pitié de lui.

Je sais qu'il a essayé de me tuer, mais pour l'instant, il a l'air d'un homme brisé, se balançant d'avant en arrière comme s'il souffrait. Il n'a rien à voir avec la silhouette sombre que je me souviens avoir vue dans ma chambre avant de m'évanouir. S'il s'agit d'une seule et même personne, il a beaucoup changé.

— Le poison a-t-il eu un effet durable sur lui ? demandé-je, me disant que c'est peut-être la cause de la dégradation de son état.

— Theodore dit que non. Mais ce ne serait pas la première fois qu'il se trompe.

Lorsqu'elle voit mon regard interrogateur, elle rougit.

— Je ne devrais sans doute pas vous dire ça…

Je soupire.

— Dites-le, Ada.

— Il a prédit votre mort juste après votre naissance. Il ne pensait pas que l'enfant de Beira et d'un simple gardien pourrait survivre.

Je ris.

— J'ai prouvé qu'il avait tort sur ce point.

Elle sourit de soulagement. Elle s'attendait sans doute à une réaction différente de ma part, mais ce n'est pas comme si je considérais le guérisseur comme infaillible. Quand ma magie a été bloquée, il n'a pas trouvé de remède. Et lorsque ma mère a failli être tuée par l'assassin du roi de l'Été, c'est moi qui l'ai sauvée, pas lui. Je me demande pourquoi Crispin n'est pas le médecin royal, je suis sûr qu'il est bien plus compétent que Theodore. Mais alors je repense au traumatisme de mon gardien, et je sais pourquoi. Il n'est pas fiable. Mais il le sera. Maintenant qu'il a commencé à combattre ses démons intérieurs, tout ira mieux pour lui. Je l'espère.

— Quelle est la prochaine étape avec lui ? demandé-je à Ada, pointant le prisonnier du doigt.

— Sa Majesté va lui parler plus tard dans la journée. Elle pourra peut-être obtenir quelque chose de lui. Arc a essayé, et échoué, ce qui signifie que ce type est soit complètement fou, soit qu'il a des barrières mentales très fortes. Je parierais sur la première option… je veux dire, regardez-le. Est-ce qu'il vous semble très fort ? demande-t-elle, rougissant légèrement. Mentalement, s'entend. Physiquement, il est assez fort.

Ada rougit beaucoup aujourd'hui. Cela ne lui ressemble pas. Ses trois gardiens semblent l'avoir également remarqué. L'un d'entre eux, je n'arrive jamais à les différencier, regarde le prisonnier comme s'il s'agissait d'un concurrent. Je suis ravie que mes hommes ne soient pas aussi jaloux… ou, s'ils le sont, ils ne le montrent pas aussi ouvertement.

— Princesse ?

Une femme de chambre arrive en courant dans le couloir.

— Oui ?

— Vous êtes en retard pour l'essayage de la robe, madame.

Elle est complètement essoufflée. Elle doit prendre les essayages au sérieux.

— J'ignorais que j'en avais un.

— C'est pour le bal de ce soir, Votre Altesse.

— Je n'étais pas au courant non plus.

La jeune fille semble sur le point de s'évanouir.

Ada m'adresse un clin d'œil.

— Vous feriez mieux d'y aller avant que la couturière elle-même ne vienne vous chercher. J'ai entendu dire qu'elle était redoutable.

Des jours comme celui-ci, j'aimerais n'être qu'une simple gardienne comme Ada. Ce n'est pas qu'elle soit simple, elle est l'adjointe du maître d'armes après tout, mais pour les festivités, elle n'a qu'à revêtir son uniforme. Elle n'a pas à se préoccuper des robes, des tissus qui grattent et des corsets qui serrent la poitrine.

CHAPITRE

DOUZE

Après deux heures de tâtonnements, de mesures et de tortures, la couturière s'en va enfin, me laissant seule avec quatre gardiens plutôt amusés.

— Je suis toujours étonné de voir que tu laisses les gens te traiter de la sorte, remarque Frost avec un large sourire. Si elle s'était approchée de moi avec ces aiguilles géantes, je l'aurais projetée de l'autre côté de la pièce.

Je grimace.

— Je ne crois pas que cela ferait bonne impression si l'héritière du trône commençait à balancer des gens. Ils pourraient le raconter à ma mère.

Je frissonne. Autant Beira est gentille avec moi en privé, autant elle est froide en public. J'ai essayé de rester dans ses petits papiers et jusqu'à présent, ça a marché. La plupart du temps. En fait, elle a approuvé le projet que nous avons fait avec Arc de contacter mes parents.

Demain, c'est le grand jour. Aujourd'hui, je vais encore

devoir endurer un autre bal, donné en l'honneur d'un dieu quelconque. Ma mère met tout en œuvre pour que les autres dieux soient de son côté, et s'il faut pour cela organiser des bals à la chaîne, alors soit. Je n'ai pas encore rencontré beaucoup de dieux, en fait. Un seul, je crois. Et j'ai été très déçue.

Nous avons étudié le dieu égyptien Râ à l'école et je l'ai imaginé comme une figure rayonnante et imposante. Non, il n'avait rien d'imposant. C'était un bossu timide avec une expression surprise chaque fois qu'on s'adressait à lui, comme s'il n'avait pas l'habitude qu'on lui parle. J'ai abandonné assez rapidement et j'ai laissé ma mère s'occuper de lui.

Ce soir, la couturière m'a dit que la rumeur courait que Loki pourrait faire partie des invités. Je me demande s'il ressemble à ce qu'il est dans les films. Et peut-être que son frère, Thor, sera là aussi... Voilà qui vaut la peine d'assister au bal.

— À qui penses-tu ?

Je regarde Arc, confuse.

— Tu as ce regard émerveillé. Comme si tu avais envie de grignoter l'un d'entre nous.

Je rougis. J'espère qu'ils ne découvriront jamais que je pensais à Thor et Loki. Non pas que je ferais quelque chose avec eux... mais ce n'est pas parce que j'ai quatre gardiens fantastiques à mes côtés que je ne peux pas admirer le reste de la population masculine de loin.

— À toi, bien sûr, le taquiné-je, et je lui donne un petit baiser sur la joue. Je me demandais ce que tu cachais sous ton kilt.

Il en porte encore un aujourd'hui, un vert foncé. Arc le soulève de manière suggestive.

— Je pourrais te montrer. Ou bien tu pourrais te mettre à genoux et jeter un coup d'œil.

Je ris.

— J'aimerais bien, mais je crois que nous sommes déjà en retard pour la réunion du conseil.

Arc soupire.

— Oui, je sais, mais je pensais pouvoir te distraire.

— Ça a failli marcher. Faisons comme si nous étions raisonnables, et ne faisons pas attendre Beira.

— Nous pourrons toujours rejeter la faute sur ce monstre de couturière, suggère Frost. Si elle l'avait pu, elle t'aurait gardé ici pendant des années pour se servir de toi comme de sa pelote d'épingles personnelle.

Oui, c'est bien l'impression que j'ai eue. Je suis presque sûre qu'elle a fait couler du sang avec certaines de ses aiguilles. Espérons que la robe de ce soir ne sera pas trop inconfortable et extravagante. Je me contenterais volontiers d'une robe simple, mais ce n'est qu'un vœu pieux.

La plupart des membres du conseil sont déjà présents lorsque nous pénétrons dans la pièce vivement éclairée. Certains d'entre eux portent déjà des costumes et des robes en prévision des festivités. Le pauvre Algonquin a l'air aussi mal à l'aise dans son costume que je le suis habituellement dans mes robes de bal.

Seuls Theodore et Zephyr manquent à l'appel.

— Commençons, annonce ma mère dès que nous sommes assis. Notre maître des ailes a subi un malencontreux accident, mais Theodore s'occupe de lui en ce moment.

Elle claque des doigts et une carte apparaît au milieu de la grande table, montrant l'ensemble du royaume de l'Hiver. Il est si grand que le palais royal n'est qu'un petit point près de la frontière nord. Les portes sont marquées de symboles rouge vif, tandis que les villages et les villes sont des points bleus scintillants.

— On nous a rapporté que des espions de l'Été ont été repérés ici, ici, et ici.

Des flammes dorées apparaissent sur la carte. Le schéma est clair : ils ont été repérés près des portes.

— Si Angus tente à nouveau d'attaquer l'un de nos portes comme il l'a fait par le passé, il sera très déçu. Maître Gwain a décuplé le nombre de gardes-frontières et les portes sont mieux protégées qu'elles ne l'ont jamais été. Il ne pourra pas entrer dans le royaume de cette façon. Mais il reste à savoir comment il a réussi à introduire les soldats de l'Été dans mon domaine. Nous n'avons jamais découvert comment il avait fait la dernière fois, mais Colan a entendu deux d'entre eux parler d'un mage.

Mon cœur s'emballe en entendant le nom de mon père. Il a été mortellement blessé par des soldats de l'Été lors de l'attaque d'une des portes.

— Je reste d'avis qu'aucun mage ne devrait pouvoir transporter quelqu'un d'un royaume à l'autre sans utiliser les portes, dit Gwain de sa voix grave. Il a dû mal entendre, ou les soldats de l'Été ont su qu'il écoutait et lui ont donné des informations erronées.

— Ou alors, ils ont cru que c'était un mage alors que ce n'était pas le cas.

Storm me surprend en prenant la parole. D'habitude, il est silencieux lors de ces réunions.

— Il ne peut pas s'agir d'Angus lui-même, il ne peut pas pénétrer dans le royaume de l'Hiver, tout comme notre reine ne pourrait pas entrer dans le royaume de l'Été. Corrigez-moi si je me trompe.

— Tu as raison, dit Beira en souriant. Après la dernière guerre, nous avons mis en place cette précaution. Seuls d'autres dieux seraient capables d'accomplir un tel exploit, mais aucun des alliés d'Angus n'est assez fort. À moins qu'il n'en ait d'autres que je ne connais pas.

C'est étrange d'entendre ma mère dire qu'elle ne sait pas

quelque chose. De mon point de vue, elle est presque omnisciente, consciente de tout ce qui se passe dans son royaume et au-delà. Le fait qu'elle ne soit pas en mesure de résoudre ce mystère m'effraie un peu.

— Combien de dieux seraient assez forts ? m'enquiers-je, me sentant un peu stupide de ne pas les connaître par cœur.

— Sept, peut-être huit, répond Gwain. Mais aucun d'entre eux n'est du côté d'Angus.

— Pour l'instant, nous devons sécuriser les portes et augmenter les patrouilles. Faites passer le message que les espions de l'été capturés ne doivent pas être tués, mais envoyés ici pour être interrogés.

Gwain baisse la tête.

— Je suis désolé, votre Majesté. Mes officiers ont été réprimandés pour ne pas les avoir mieux fouillés lorsqu'ils les ont attrapés.

— Que s'est-il passé ? demande Magnus, le trésorier, et je lui en suis reconnaissant.

Cela m'évite de devoir montrer mon ignorance.

— Ils ont pris du poison pendant qu'ils étaient transportés vers la capitale, explique Gwain.

— Apparemment, c'est devenu la tendance. C'était pareil avec l'assassin dragon. Quelqu'un a-t-il pu déterminer s'il s'agissait du même type de poison ?

— Malheureusement, Theodore n'a pas été en mesure de le dire. Les symptômes étaient pourtant similaires.

— Ce qui nous ramène au prisonnier, dit ma mère en se tournant vers Ada. A-t-on réussi à le faire parler ?

— Non, Votre Majesté. La plupart du temps, il semble complètement absent, et lorsqu'il est lucide, il ne parle que des liens d'accouplement et du fait qu'ils l'ont amené au palais. C'est comme s'il ignorait pourquoi il l'avait fait, ou qu'il ne s'en souvenait pas. Les menaces n'ont absolument aucun effet, pas plus que les punitions. Pour être honnête, je ne sais plus quoi faire.

— J'irai le voir avant le bal, promet Beira.

Elle m'a confié qu'elle craignait que la puissance brute de son esprit ne le tue. Si l'on ajoute à cela la colère qu'elle éprouve parce qu'il a réussi à m'assassiner, il y a de fortes chances qu'il ne survive pas à une rencontre avec la reine de l'Hiver. C'est la raison pour laquelle, jusqu'à présent, elle a laissé d'autres personnes s'occuper de l'interrogatoire ; il semblerait qu'il n'ait plus le choix. Ils n'ont obtenu aucun résultat. Il est temps pour Beira de rencontrer l'étrange assassin dragon.

— J'espérais que Zephyr pourrait nous dire si l'ambassadeur dragon avait déjà répondu, mais cela devra attendre qu'il soit guéri. Algonquin, en as-tu appris davantage sur le poison ?

— Oui, Votre Majesté, répond le bibliothécaire de sa voix calme et rauque.

Il me fait mal au cœur chaque fois qu'il doit s'exprimer. Il m'a l'air de quelqu'un qui préfère passer son temps avec des livres qu'avec des gens.

— C'est une plante qui n'est originaire ni du royaume des dragons ni du royaume de l'Hiver.

— Le royaume de l'Été, alors ? propose Gwain. Il serait logique qu'ils travaillent avec Angus.

— Je crains que ce ne soit plus compliqué que cela. Pour autant que je le sache, on ne peut la trouver que dans le royaume des démons.

On entend des halètements dans toute la salle.

— Mais les démons ne sont alliés à personne, réplique Ada en fronçant les sourcils, exprimant ainsi ce que tout le monde pense. Ils n'ont jamais montré d'intérêt pour les dieux ou pour nous, les gardiens. La seule chose que nous avons à régler avec eux, c'est de les empêcher de faire trop de raids sur les humains.

Je me demande si Chesca aurait une opinion différente à ce sujet. D'après ce qu'elle a dit, certains gardiens considéraient comme un rite de passage le fait de se rendre dans le royaume des démons et d'en tuer le plus possible. Toutefois, Aodh s'était distingué de ces gardiens en essayant d'amener les démons à changer leurs habitudes. Il ne les tuait que s'il n'avait pas d'autre choix. Certains démons aimaient se rendre sur Terre pour tuer des humains, et les gardiens étaient chargés de les traduire en justice. Ada donnait l'impression que c'était purement technique ; « empêcher » n'était qu'un mot élégant pour dire « tuer ».

Mais mes gardiens et moi sommes les seules personnes dans cette salle à avoir réellement parlé à un démon et à avoir mangé sa nourriture. Je frémis en repensant aux scones dégoûtants qu'elle m'avait servis. Je me demande où elle se trouve. Toujours sur Terre dans leur petite maison ? Ou bien est-elle retournée parmi les siens, maintenant qu'Aodh n'est plus là pour la contrôler ?

— Voilà qui complique les choses. Es-tu sûr que cette plante ne pousse nulle part ailleurs ? demande ma mère à Algonquin, qui donne l'impression qu'il préférerait être n'importe où, sauf ici.

— Si c'est le cas, ce n'est mentionné dans aucun des livres d'herboristerie que nous avons ici à la bibliothèque royale. Je les ai tous parcourus avec l'aide de mes assistants, et les deux fois où nous l'avons trouvé décrit en détail, c'était toujours en rapport avec le royaume des démons.

— Quelqu'un aurait-il pu l'importer de là-bas ? s'enquiert Ada une nouvelle fois, comme si elle lisait dans mes pensées.

Elle est jeune pour une gardienne, et c'est la moins expérimentée dans cette salle.

— Personne ne fait de commerce avec les démons, répond Gwain avec dédain. Et je n'imagine pas qu'on puisse vouloir s'y rendre pour cueillir une herbe. Il existe d'autres poisons efficaces ; cela n'a aucun sens de se donner tout ce mal à moins de vivre sur place.

— Il est assez curieux que Wyn ait reçu du venin de dragon noir et non cette plante démoniaque, murmure ma mère presque pour elle-même.

Une cloche retentit dans le palais, signe que les visiteurs commencent à arriver. Beira soupire.

— Nous nous réunirons à nouveau demain. Tamara, dis au chambellan de s'occuper de mes invités pendant que je vais voir le prisonnier.

Elle se lève de sa chaise semblable à un trône, et tout le monde l'imite. Elle quitte la pièce, et sa simple robe en soie bleue se transforme en quelque chose de beaucoup plus royal. J'aimerais pouvoir le faire. Au lieu de cela, je vais devoir retourner dans mes quartiers et m'habiller normalement. J'espère qu'il n'y aura que mes servantes, et pas cette terrible couturière.

*
**

MES GARDIENS SONT magnifiques dans leurs costumes… enfin, tous sauf Arc. Il porte à nouveau un kilt, mais avec sa chemise blanche et ses bottes cirées, il est encore presque élégant. Presque.

— Pourquoi as-tu l'air d'un cupcake ?

Crispin montre ma robe sans même essayer de cacher son rire. Je lui jette une boule de feu, mais il l'éteint sans mal avec une fontaine d'eau avant qu'elle ne l'atteigne.

— Je n'ai *pas* l'air d'un cupcake ! m'exclamé-je.

Il a raison. Il a tout à fait raison. C'est la robe la plus hideuse que j'aie jamais portée. Sa jupe rose duveteuse est trop large pour me permettre de franchir les portes librement et les volants blancs qui entourent ma poitrine camouflent ma silhouette de la manière la moins flatteuse qui soit. Elle pourrait être une tenue de soirée, mais ce n'est pas quelque chose que j'aimerais porter en public.

— Vas-tu l'enlever ?

— Et comment !

Je suis déjà en route vers mon armoire pour chercher quelque chose de moins… gros. Je choisis une robe bleu foncé avec un décolleté décoré de cristaux étincelants. En comparaison, elle est confortable.

Soudain, Storm m'enlace par-derrière.

— As-tu besoin d'aide pour retirer cette robe ? murmure-t-il, s'occupant déjà des boutons de mon dos.

La couturière n'a même pas ajouté de fermeture éclair, ce qui l'oblige à tâtonner avec une longue rangée de boutons. Je vais la tuer, lentement et avec plaisir, tout en lui faisant porter cette abominable robe cupcake.

À chaque bouton qu'il ouvre, il embrasse la peau nue qu'il expose, descendant lentement le long de mon dos. Je ne peux m'empêcher de gémir. Arrivé au bout, juste au-dessus de mes fesses, il fait glisser la robe le long de mes épaules. Je ne porte pas de soutien-gorge en dessous, je suis donc nue devant lui, ma culotte en dentelle étant le seul vêtement qui me protège de leurs regards.

Je sais que les trois autres m'observent avant même que

Storm ne me retourne. Mes mamelons sont durs et érigés, ils ont envie d'être touchés. Storm a d'autres projets. Il se met à genoux et m'embrasse doucement juste sous le nombril, avant de descendre jusqu'à ma culotte. Il poursuit sa route. La dentelle est si fine que j'ai presque l'impression qu'il embrasse ma peau nue.

Je commence à être mouillée et j'écarte instinctivement les jambes pour lui donner un meilleur accès. Il prend cela comme une invitation à repousser ma culotte sur le côté et à passer sa langue sur ma chair gonflée. Il me tient par les cuisses pendant qu'il me pénètre avec sa langue, ce qui me fait gémir bruyamment.

Je me rends compte que j'ai fermé les yeux ; je les ouvre et je vois le désir dans le regard de mes trois autres gardiens. Arc a glissé une main sous son kilt et se caresse. Maintenant, je sais ce qu'il porte sous son kilt… rien. Cependant, ils ne s'approchent pas. Ils laissent à Storm le soin de me mener au bord de l'extase.

Il passe sa langue sur mon bourgeon avant de me pénétrer, puis de le sucer avec force et d'avaler ma moiteur. Je pose mes mains sur sa tête, à la fois pour le guider vers mon point sensible et pour me stabiliser. Je suis dans tous mes états, gémissant et frémissant, puis je hurle lorsqu'il me fait jouir.

Satisfait, il se lève et me prend dans ses bras, me serrant contre lui alors que les dernières vagues de mon orgasme me traversent encore. Épuisée, je m'appuie contre son torse. Ce serait tellement agréable de m'allonger sur mon lit à cet instant, avec mes quatre gardiens, et de m'amuser encore un peu…

Mais c'est alors que quelqu'un frappe à la porte, et je sais qu'il est temps d'y aller.

Avec un soupir de regret, je recule.

— Il faut que je me lave, capitulé-je d'une voix rauque, et je commence à me diriger vers la salle de bains, quand Storm me saisit le poignet et m'arrête.

— Non. Je veux que tu restes comme tu es. Je veux que tu sentes tout au long de la soirée que nous continuerons plus tard. Que tu as joui pour moi, et que tu recommenceras ce soir.

Sa demande me fait frémir, et je suis aussitôt excitée. Ces gardiens vont me tuer.

Je dois me rendre à ce bal, mouillée et excitée, et je vais devoir faire semblant de m'intéresser à ce que les gens disent, faire la conversation, et sans doute danser avec des invités que je ne connais pas.

Être une princesse n'est vraiment pas ce que l'on croit.

À ma grande déception, ni Thor ni Loki n'assistent au bal. Néanmoins, la fille de Thor est là, une humaine qu'il a adoptée quand elle était bébé. Elle est entourée d'une nuée de gardiens, ce qui n'a rien d'étonnant. Elle est extrêmement jolie, surtout pour une humaine. J'aimerais bien discuter avec elle, mais avec tous les invités qui se disputent mon attention, je doute d'en avoir l'occasion.

Ma mère ne fait aucun commentaire sur le choix de ma robe ; elle ignorait donc sans doute ce que la couturière avait prévu pour moi. Encore une fois, je fomente des projets de meurtre. Je ne sais pas pourquoi cette femme ne m'aime pas. J'ai toujours été gentille avec elle… à part la fois où j'ai dû adapter une de ses robes parce que Crispin y avait fait des trous. Peut-être m'en veut-elle pour cela ?

Je n'ai pas vraiment envie de penser aux robes, mais l'humidité entre mes jambes me rappelle constamment que je suis nue sous la mienne. Je me sens exposée, comme si tout le monde pouvait voir ce que Storm m'a fait juste avant. J'aimerais pouvoir m'en aller et le laisser recommencer dans ma chambre.

Chaque fois que je croise son regard, il me fait un clin d'œil. Lorsque je regarde Arc, il hausse un sourcil de manière suggestive. A-t-il joui en me regardant jouir ? Je n'ai rien vu, mais j'aimerais bien le savoir. Ou s'il est encore dur sous son kilt, attendant d'être soulagé…

— Lucifer, puis-je te présenter ma fille, Wynter ?

Soudain, ma mère est là, un grand dieu à ses côtés. Il ne ressemble pas à l'image que je me faisais de Lucifer. Bien sûr, je sais qu'il n'est pas le diable et qu'il ne vit pas en Enfer, mais j'ai du mal à chasser ces pensées de mon esprit. Grandir sur Terre m'a fait croire à certaines choses que font les humains, et c'est seulement aujourd'hui que je découvre à quel point elles sont erronées.

Les cheveux noirs de Lucifer sont tirés en queue de cheval, et contrastent franchement avec son costume blanc immaculé. Ses yeux sombres me scrutent, et j'ai envie de me détourner et de me cacher. C'est comme s'il pouvait voir dans mon âme et… non, ce sont des préjugés humains. Il est simplement curieux, il veut rencontrer la fille de la reine.

— C'est un plaisir de faire votre connaissance, me dit-il, m'adressant un sourire agréable avant de se tourner vers ma mère.

— Tu dois être très heureuse de l'avoir retrouvée.

— C'est vrai, répond ma mère en souriant.

Elle semble apprécier Lucifer. Je me demande comment il a eu cette mauvaise réputation sur Terre. A-t-il un sosie comme Loki, qui fait toutes les mauvaises choses et les impute ensuite à l'original ? Beira m'a raconté comment Jack, le dieu de la malice, se déguise en Loki chaque fois qu'il se rend sur Terre. C'est ainsi qu'il a acquis sa réputation de fauteur de troubles, alors que c'est un dieu doux et gentil, à en croire ma mère. J'ai vraiment hâte de le rencontrer, ainsi que Thor. Avec un peu de chance, ils seront présents au prochain bal.

— Comment trouvez-vous le royaume de l'Hiver ? me demande Lucifer, et je reporte à nouveau mon attention sur la conversation.

— Ce n'est pas aussi froid que je le pensais. Et ce que j'ai vu du royaume jusqu'à présent est magnifique.

— C'est vrai. Mais cela n'a rien de comparable à la beauté ardente de mon propre royaume, affirme-t-il avec un sourire malicieux. Vous devriez me rendre visite un jour.

— Je suis sûre que Wyn et ses *gardiens* seront ravis de venir, répond ma mère avec un sourire, indiquant clairement que je suis déjà prise.

Non pas que Lucifer soit mon genre, il est bien trop vieux, malgré son air juvénile. Comme chez la plupart des dieux, ce sont ses yeux qui trahissent son âge. Ils sont anciens et racontent une vie pleine de chagrin et de bonheur. Beira m'a confessé que Lucifer aime prendre des épouses humaines. Il en a probablement eu des centaines au fil du temps, et cela n'a pas dû être simple de les voir toutes mourir. Je me demande pourquoi il fait ça en sachant que cela se terminera par la mort. Pourquoi ne pas être avec une gardienne ou une déesse qui vivra éternellement ?

— Ses gardiens ? Au pluriel ? demande-t-il avec curiosité.

Je hausse les épaules.

— Pourquoi choisir ?

Lucifer rit de bon cœur.

— Bien dit, *my lady*. Se plier aux conventions est terriblement ennuyeux.

— Êtes-vous ici avec quelqu'un ?

— Malheureusement, non. Je n'ai pas de partenaire pour le

moment, mais je cherche. Si vous connaissez quelqu'un sur Terre, faites-le-moi savoir.

Je repense à mes amies. Aucune d'entre elles ne ferait une bonne compagne pour un dieu, à mes yeux. Mais je souris poliment.

— Si je pense à quelqu'un, je ne manquerai pas de vous le faire savoir.

— Je vous remercie. Je n'aime pas passer plus de temps que nécessaire sur Terre. Ma réputation me précède, si vous voyez ce que je veux dire, déclare-t-il avec un clin d'œil. Je dois partir, car votre mère m'a demandé de faire des recherches sur une certaine plante.

Il baisse la voix pour poursuivre.

— Félicitations pour votre accession à l'immortalité, princesse. Je ferai de mon mieux pour vous aider à trouver le coupable.

Son expression sincère me réchauffe le cœur. Il est bon de voir que ma mère a des alliés loyaux qui se soucient de son sort et de celui de sa fille.

— Merci, conclus-je en lui tendant la main.

Je pensais serrer la sienne, mais il me fait un baise-main. Après une belle révérence, il prend congé.

— C'est un vrai charmeur, dit ma mère en riant, tandis que nous le regardons se frayer un chemin dans la foule, saluant la plupart des dames qu'il croise. Mais c'est un homme bien, et nous avons de la chance de l'avoir à nos côtés.

Profitant d'avoir ma mère pour moi toute seule, je lui pose des questions sur l'assassin.

— As-tu réussi à le faire parler ?

L'expression de ma mère s'assombrit.

— Non, malheureusement. Il est ensorcelé, il ne peut pas en parler. J'ai essayé de lever le sort, mais il est profondément ancré dans son esprit. Si je le lui retirais, cela lui ferait perdre la tête et nous ne découvririons rien. La seule solution que je vois pour l'instant est d'essayer d'affaiblir progressivement le sort en le travaillant quotidiennement. Je commence à croire qu'il n'a pas fait ça de son plein gré, alors espérons qu'il veuille bien nous le dire. Cela facilitera les choses.

— Cela signifie-t-il que tu devras le voir tous les jours ?

— Non, heureusement. Ada devrait être assez forte pour le faire : elle n'a pas besoin de rompre le sort, juste de le mettre à l'épreuve. Elle semble établir une relation avec le prisonnier, et c'est peut-être à elle qu'il se confiera.

Je m'éclaircis la voix, me préparant à poser la question qui me trotte dans la tête depuis des jours.

— Crois-tu qu'ils vont réessayer ? Si l'assassin dragon a été contraint de me tuer, il y en aura sûrement d'autres qui essaieront ?

Beira sourit tristement.

— Il y en a toujours d'autres. J'ai perdu le compte du nombre de fois où l'on a essayé de me tuer. Comme tu peux le constater, je suis toujours en vie, tout comme toi. Tes gardiens sont les meilleurs parmi les meilleurs, et ils mourraient pour te protéger. Il existe des mesures de sécurité dont personne n'est au courant, à part quelques personnes triées sur le volet et moi, alors ne t'inquiète pas. Tu es en sécurité ici. En revanche, je te demanderai de ne pas quitter le palais pour l'instant, jusqu'à ce que nous en sachions plus.

Aussi ennuyeux que cela puisse être, je sais qu'elle a raison. Heureusement, pour ce que nous prévoyons avec Arc, nous n'avons même pas besoin de quitter mes appartements. En outre, je serai occupé par les réunions du conseil et d'autres affaires officielles. Je rencontre Tamara demain afin d'en savoir plus sur le renseignement et sur la manière dont elle obtient ses informations. C'est passionnant, et cela fait un moment que je me pose des questions à ce sujet. Tamara est une personne fascinante et j'ai hâte de passer plus de temps avec elle. Même si j'aime mes gardiens, c'est bien de parler à une autre femme de temps en temps. Je ne suis pas sûre que ma mère compte. Elle est un peu trop... déesse pour cela.

CHAPITRE

TREIZE

— Les gars, sortez !

Je gémis lorsque la voix forte d'Arc me réveille. Je suis blottie entre deux hommes, bien au chaud, et je ne veux pas qu'ils partent. Je tire la couette sur ma tête, me cachant du monde. Constatant que je suis nue, je repense à la nuit dernière et je souris. Nous nous sommes bien amusés, tous les cinq. Pas étonnant que je sois fatiguée.

— Wyn, lève-toi, nous n'avons pas beaucoup de temps. Ta mère a prévu une autre réunion, et nous devons le faire maintenant.

Je me réveille en sursaut lorsque je comprends de quoi il parle. Mes parents. Je vais enfin les revoir. Découvrir s'ils vont bien. Peut-être même les persuader de venir vivre avec moi dans le royaume.

Crispin m'embrasse sur la joue.

— Bonne chance, petite princesse.

— Je ne suis pas petite ! protesté-je, mais il a déjà quitté le lit.

Storm m'embrasse ensuite, sur les lèvres, cette fois. Je veux davantage que ses lèvres sur les miennes, et j'ouvre la bouche, le taquinant avec ma langue. Il réagit en m'embrassant passionnément, mais met fin au baiser bien trop tôt.

— Sois sage, princesse.

— Quand est-ce que je ne suis pas sage ?

Il rit.

— Dois-je te rappeler la nuit dernière ?

Je rougis, mais Frost m'enlace par-derrière.

— Ne t'inquiète pas, tu as été parfaite la nuit dernière.

— Dehors ! s'écrie Storm, et ils bondissent hors du lit, me laissant seule avec mon gardien écossais.

Il n'est pas vraiment écossais, mais son accent et son style vestimentaire le sont. Il me fait penser à chez moi. La plupart des hommes qui portent des kilts à Édimbourg le font pour les touristes, mais c'est toujours agréable à voir.

Je m'assieds et la couverture retombe, offrant à Arc une belle vue sur mes seins.

— Enfile des vêtements, sinon je ne pourrai pas me concentrer, grogne-t-il, et je m'esclaffe devant son air désespéré.

— Ne t'inquiète pas, le rassuré-je en me moquant de son accent, et je suis rapidement récompensée en recevant un oreiller.

Je sors du lit et je passe un kimono de soie pour cacher la plus grande partie de ma nudité à Arc. Mais mes jambes lisses sont toujours visibles, et il semble avoir du mal à détourner les yeux. Devenir une véritable demi-déesse lorsque je suis entrée dans le royaume a eu pour agréable effet secondaire de me dispenser de me raser. Cela m'a permis de gagner beaucoup de temps, surtout que je dois porter des robes en permanence.

— Nous devons nous toucher pendant que nous faisons cela, m'informe Arc en tapotant ses genoux.

Il a pris place dans l'un des grands fauteuils près de la

fenêtre, l'air extrêmement à l'aise. J'obéis à son invitation et m'appuie contre son large torse, me tortillant un peu pour trouver la meilleure position.

— Ne me distrais pas, se plaint-il, et j'arrête de bouger. Nous devons nous toucher, mais nous avons aussi besoin de nous concentrer.

— D'accord. Explique-moi à nouveau comment cela va marcher.

— Nous allons entrer en contact avec un démon qui se trouve actuellement devant la maison de tes parents. Si nous avons de la chance. Les démons ne sont pas les personnes les plus fiables.

Dès le début, Beira avait dit qu'il serait trop dangereux d'envoyer un gardien là-bas. Après la bataille du Calanais, la porte d'Écosse n'est plus utilisée qu'en cas d'urgence, de peur que des démons ne soient encore à l'affût de l'autre côté.

Un démon est donc notre seule chance. Heureusement, Arc en connaît quelques-uns qui sont prêts à se compromettre pour un pot-de-vin suffisamment élevé. Il nous en coûte une petite fortune pour que celui-ci fasse ce que nous voulons, être l'héritière de l'Hiver a ses avantages. L'accès aux coffres royaux est l'un d'entre eux.

— Je n'ai fait ça qu'une seule fois, me prévient Arc. Ce n'est pas agréable d'être dans la tête d'un démon. C'est… gluant.

Il consulte sa montre.

— C'est l'heure. Prête ?

Je hoche la tête.

— Allons-y.

Sans crier gare, tout devient noir.

La maison de mes parents semble étonnamment intacte. La dernière fois que je l'ai vue, l'étage supérieur était en feu et la rue était secouée par un tremblement de terre. Mon tremblement de terre, pour être précise. Aujourd'hui, seules quelques fines fissures sur le mur racontent ce qui s'est passé. Soit ils ont fait appel à d'excellents artisans, soit quelqu'un les a aidés avec de la magie. Je suis presque sûre que c'est la deuxième solution. Il n'est pas possible de remettre en état une rue presque détruite en quelques semaines.

C'est étrange que de ne pas voir le démon, mais seulement à travers ses yeux. Ce pourrait être un affreux démon ailé pour ce que j'en sais. J'espère qu'Arc en a choisi un capable de se fondre dans la masse. Ou un qui sait manier la magie de l'apparence. Mes parents ont été traumatisés, ils n'ont pas besoin d'un monstre devant chez eux.

Frappe à la porte, ordonne Arc dans la tête du démon. Bon, maintenant, j'espère vraiment qu'il aura une apparence humaine.

Nous avançons… enfin, il avance, je ne suis qu'un passager. C'est un sentiment surréaliste. Je peux sentir son corps, mais seulement d'une manière ténue, plus un écho qu'une sensation réelle. Sa vision est aussi claire que si c'étaient mes propres yeux.

Le démon frappe une fois, deux fois. Rien ne se passe.

Quel est ton nom ? lui demandé-je pour apaiser la tension. La surprise envahit l'esprit du démon.

Andrew, répond-il enfin. J'ai du mal à dissimuler mon rire. Un démon appelé Andrew ? Sérieusement ? C'est le nom le moins démoniaque qui me vienne à l'esprit. Je sens l'amusement d'Arc à travers notre lien, mais j'espère que ce n'est pas le cas du démon. Nous ne voulons pas l'énerver.

Enfin, des bruits se font entendre de l'autre côté de la porte et celle-ci s'ouvre lentement. Ma mère me regarde droit dans les yeux. Enfin, elle regarde droit dans les yeux du démon.

— Oui ? demande-t-elle d'un air fatigué.

Quelle heure est-il sur Terre ? Il doit être tôt le matin, à en juger par sa robe de chambre jetée à la hâte par-dessus sa nuisette.

On dirait qu'elle est restée debout toute la nuit. Elle a les cheveux ébouriffés et des cernes entourent ses yeux. Elle a l'air plus âgée que dans mes souvenirs. J'espère que c'est juste parce qu'elle n'a pas bien dormi et pas à cause de… moi.

Dis-lui que tu es ici au nom de sa fille, lui ordonne Arc.

— Je suis ici au nom de votre fille, répète consciencieusement Andrew.

— Ma fille n'est pas là. S'il vous plaît, partez.

Son expression s'assombrit. Elle se tourne pour fermer la porte, mais Andrew la bloque avec son pied.

— Elle est ici avec moi par le biais d'un lien mental. Elle veut vous parler.

Ma mère le regarde comme s'il était fou.

— Prouvez-le, le défie-t-elle, et intérieurement je l'applaudis.

Malgré le fait qu'elle soit humaine, elle connaît le monde surnaturel depuis qu'elle m'a adoptée. Elle savait que je n'étais pas humaine, mais elle l'a accepté.

Dis-lui qu'elle m'a dessiné de la magie pour mon anniversaire.

Il répète, et les yeux de ma mère s'écarquillent.

— Dites-moi autre chose.

Je me creuse la tête pour trouver une chose qu'elle seule connaîtra. Lorsqu'une idée me vient, je ris.

— Elle dit qu'elle a cru que les haggis étaient réels jusqu'au début de son adolescence.

Ma mère sourit et ouvre la porte.

— Entrez !

Andrew la suit dans le salon. En chemin, elle s'arrête devant l'escalier et lui crie de descendre rapidement.

— Voulez-vous du thé ?

Oh, vraiment, j'adore ma mère. Offrir du thé à un démon !

Non pas qu'elle soit au courant… mais elle l'aurait sans doute fait quand même. Elle est ainsi.

Andrew secoue la tête, ce qui me donne un peu le vertige.

Un instant plus tard, mon père entre dans la pièce, un peignoir enroulé autour de son corps mince. Tout comme ma mère, il a l'air de ne pas avoir beaucoup dormi ces derniers temps. Son visage n'est pas non plus aussi bien rasé que ce à quoi je suis habituée.

— Qu'est-ce qui se passe ?

— Il est là pour Wyn, lui dit maman avec enthousiasme. Il a un… lien mental avec elle, d'après ce qu'il dit ?

Andrew acquiesce.

— Elle vous observe en ce moment même. Elle peut voir et entendre à travers moi.

— Impossible, réplique mon père avec le froncement de sourcils qu'il réserve habituellement à ses élèves.

— Il sait des choses que seul Wyn sait, s'empresse de le rassurer sa mère. Écoutons-le.

Avec un grognement sceptique, mon père s'assied en face d'Andrew et le scrute.

Dis-leur qu'ils me manquent.

— Elle dit que vous lui manquez.

Ma mère sourit.

— Dites-lui qu'elle nous manque aussi.

Est-ce qu'ils vont bien ?

— Elle veut savoir si vous allez bien.

— Il s'est passé beaucoup de choses depuis qu'elle est partie, soupire ma mère. Il y a eu d'étranges…

— Ne le lui dis pas, il pourrait être l'un d'entre eux, l'interrompt mon père. Vous avez peut-être convaincu ma femme, mais vous devez encore me prouver que Wyn est avec vous.

Il ajoute de la vanille à ses pancakes. Il en fait toujours pour mon anniversaire.

— Vous faites des pancakes à la vanille pour l'anniversaire de votre fille, répète Andrew, et les yeux de mon père s'écarquillent.

— Quelle quantité de vanille par pancake ?

Une pincée de vanille moulue.

Un sourire se dessine sur le visage de mon père quand Andrew répète mes paroles. Bien, maintenant qu'ils sont tous les deux convaincus que c'est bien moi qui leur parle, nous pouvons commencer à discuter vraiment.

Demande à ma mère ce qu'elle allait dire.

— Nous sommes surveillés, dit ma mère avant même qu'Andrew ait eu le temps de parler. Ils nous suivent partout où nous allons. Nous avons eu des appels téléphoniques au cours desquels quelqu'un chuchotait un charabia. Et nous avons reçu ces lettres…

Mon père se lève et prend une pile de lettres sur la cheminée. Il en tend une à Andrew qui la déplie lentement.

NOUS VOUS OBSERVONS.

C'est tout ce qui est écrit, mais un frisson me parcourt le dos.

Mon père donne une deuxième lettre à Andrew.

ELLE VOUS TUERA.

Qui est « elle » ? demandé-je à personne en particulier.

Je ne m'attends pas à ce qu'Andrew le sache. En pensées, Arc me serre dans ses bras et j'aimerais que ce soit pour de vrai.

Andrew lit une dernière lettre.

INVITEZ WYNTER OU VOUS MOURREZ.

— Bien sûr, même si nous avions su comment te contacter, nous ne t'aurions pas demandé de nous rendre visite, s'empresse de dire ma mère. Mais tu n'es pas là en personne, donc je pense qu'ils ne sauront pas que c'est toi.

Ils se servent de ma mère comme appât. La colère monte en

moi. Quelqu'un menace mes parents juste pour m'atteindre. C'est impardonnable.

Demande-leur s'ils ont déjà vu l'une des personnes qui les observent, dit Arc à Andrew.

— La nuit, nous voyons parfois des yeux brillants à l'extérieur, explique ma mère avec un frisson. Il y en a partout autour de la maison, même dans le jardin. Nous ne sortons plus après la tombée de la nuit. Au début, nous avons appelé la police, mais ils n'ont jamais trouvé quiconque en train de rôder. Personne n'a jamais essayé d'entrer dans la maison.

Andrew se lève soudain.

— C'est parce que nous ne pouvons pas entrer sans y être invités.

Il tend les mains et des cordes enflammées se dirigent vers mes parents, s'enroulent autour d'eux et les ligotent en quelques secondes. Ils crient tous les deux de douleur quand elles leur brûlent la peau. Je hurle aussi, je crie à Andrew d'arrêter, et mettre fin à cette folie, mais il se contente de rire en regardant mes parents s'effondrer sur le sol.

— Merci de m'avoir aidé, princesse. Tu ferais mieux d'aller voir la Maîtresse avant que je ne tue accidentellement les humains.

Il rit avec dédain. Mes parents se tordent sur le sol et des cloques se forment sur leur peau. J'éclate en sanglots. Il m'est insupportable de les voir en proie à une telle souffrance.

Arrête ! pleuré-je, le suppliant de s'interrompre.

— La Morrigan vous envoie ses salutations.

Nous sommes projetés hors de sa tête et retournons dans le noir.

⁂

. . .

— Appelez la reine ! s'écrie Arc dès que nous ouvrons les yeux, de retour dans ma chambre à coucher.

Les garçons devaient être dans leur chambre, à côté, car l'instant d'après, trois gardiens inquiets se pressent autour de moi pour me demander si tout va bien. Bien sûr que non !

J'ai la tête qui tourne. Ce n'est pas possible. Ce n'est pas réel.

Je me recroqueville sur le sol, les visages angoissés de mes parents défilant dans mon esprit. Leur douleur… tant de douleur. Leur peau boursouflée, la corde qui leur fait mal. Le rire du démon qui nous a tous trompés.

— C'était un piège… Le démon s'est servi de nous pour entrer dans la maison… Il a kidnappé ses parents…

Leurs paroles me passent au-dessus, mais je n'arrive pas à me concentrer sur elles.

Mon père. Ma mère. Leur douleur. Leurs blessures. Je les ai trahis. Tout est ma faute.

Je rapproche mes jambes de ma poitrine, me faisant toute petite. Peut-être que tout cela n'est qu'un rêve. Peut-être sont-ils en sécurité chez eux. Peut-être…

De l'air frais effleure mes joues couvertes de larmes.

— Wyn ?

Je lève les yeux vers ma mère. Beira. Ma mère biologique qui n'a pas aidé mes vrais parents. Elle les a laissés seuls sur Terre pour se débrouiller. Ce sont des humains, ils ne comptent donc pas pour elle. L'important à ses yeux, c'est elle-même. Elle est égoïste, cruelle, froide.

Aussi froide que l'air sur ma joue.

Ma magie se déverse hors de moi, flamboyante, prête à brûler et à détruire. Je la laisse faire, je m'en fiche, maintenant. La magie prend le contrôle, se délectant de sa nouvelle liberté. Elle traverse la pièce en mettant le feu aux objets. Je sens une odeur de brûlé, mais je reste par terre.

— Wyn, arrête !

Des gens crient. Je m'en fiche. Mes parents sont blessés. Peut-être morts.

On m'asperge d'eau froide, et je pousse un cri de stupeur. Quelqu'un pose ses mains sur mes joues et me soulève le menton pour que je le regarde.

— Wyn, tu dois arrêter.

C'est Frost. Son expression est étrange. Est-ce qu'il a peur ? De moi ? Ou des flammes qui m'entourent ? Puis je me souviens. Son élément est l'eau. Il n'aime pas le feu. Je l'ai déjà brûlé.

Oh, non ! Je ne peux pas faire de mal à mon gardien. Je tire sur ma magie, essayant de la contenir, mais elle est trop sauvage. Trop violente.

— Je ne peux pas, murmuré-je, et son regard s'adoucit.

— Si, tu peux. Remplace ta magie par de l'eau. Ressens ton environnement. Sens la neige dehors, pleine d'eau dont tu peux te servir. J'ai beau éteindre les flammes, elles reviennent sans cesse. Tu dois les éteindre pour de bon.

Je cherche ma magie de l'eau. Cela ne sert à rien. Le feu est trop fort. Ma magie bondit, les griffes tendues dès que j'essaie de m'approcher.

— Elle est trop forte.

Je sens que je m'affaiblis, la magie me prend toutes mes forces. J'aurais dû l'entraîner davantage. J'aurais dû prendre ces leçons avec mes gardiens comme prévu. Mais nous avions toujours d'autres choses à faire. Je n'en ai jamais eu l'occasion. Et maintenant, elle est sauvage et fait ce qu'elle veut.

— Wyn, écoute-moi. Concentre-toi sur l'eau.

Soudain, ses lèvres sont sur les miennes et il m'embrasse sauvagement, me poussant à réagir. J'ouvre la bouche, et sa langue m'envahit. Elle est fraîche et apaisante. Humide. De l'eau. Je sens sa magie en lui, un lac froid prêt à être utilisé. Je puise dedans, le canalise en moi, j'en imprègne ma magie. Elle hurle et lutte contre l'eau qui menace son feu, mais avec le pouvoir de Frost, je suis finalement assez forte.

Je cherche l'eau dans la neige à l'extérieur, cette ressource inépuisable d'eau, et je l'aspire, l'attire en moi, puis la déverse dans la pièce. La fumée envahit l'air quand l'incendie s'éteint.

Tout ce que je veux ressentir, c'est la bouche de Frost sur la mienne, notre baiser, notre désespoir, comme deux personnes qui se noient. Je m'accroche à mon gardien alors que les derniers feux s'éteignent.

Une fois l'incendie éteint, la fatigue me gagne. Je suis trop faible pour continuer le baiser. Je me laisse aller contre le torse de Frost qui m'étreint, me serrant fort contre lui.

— Repose-toi, princesse.

— Est-ce que tu vas rester ? murmuré-je d'une voix faible, et il passe ses mains sur mon dos en guise de réponse.

— Bien sûr. Je resterai là jusqu'à ton réveil.

Je souris et m'enfonce dans l'obscurité qui m'attend.

CHAPITRE

QUATORZE

Au début, tout va bien. Je suis dans les bras de Frost, la tête sur son torse. Je sais que c'est lui parce qu'il sent le sel de mer et les vagues. Je suis bien au chaud. En sécurité. Ses respirations sont profondes et régulières, mais trop rapides pour qu'il puisse dormir. S'il sait que je suis réveillée, il ne le montre pas.

Je pourrais me laisser bercer par le son de sa respiration pour m'endormir. Puis je me souviens de ce qui s'est passé. Ma mère. Mon père.

Je me redresse et bondis hors du lit. Je dois les sauver.

— Wyn, attends !

Frost sort de mon lit à baldaquin, l'air fatigué. Est-il resté éveillé pendant que je dormais ? Attendez, ce n'est pas mon lit. Ce n'est pas ma chambre. Elle ressemble à l'une des chambres d'invités, décorée dans le style générique du palais.

J'ai dû tellement endommager mes propres appartements qu'ils ne sont plus habitables. Je devrais me sentir coupable, mais tout ce que je ressens, c'est une obscurité béante à l'intérieur de ma poitrine, qui me dit de me venger. De brûler et de tuer tout ce qui se trouve sur mon chemin jusqu'à la Morrigan, qui m'a enlevé mes parents.

Je sors en trombe de la pièce et m'engage dans un couloir que je ne reconnais pas.

— Enfile au moins des vêtements ! s'écrie Frost, et je baisse les yeux.

Je porte une grande chemise de nuit, et rien d'autre. Je m'en moque éperdument.

Je tourne à droite, espérant ainsi sortir de l'aile des invités. Mes pieds nus sont presque silencieux sur le sol en marbre alors que je fuis Frost. Je dois voir Beira. J'ai besoin qu'elle me dise que tout va bien se passer. Qu'elle a une solution. Un moyen de récupérer mes parents.

Au bout du couloir, je trouve une cour familière. Je sais où je suis. J'entre dans la tour de l'autre côté de la cour et je crie :

— Cinquième étage, vite ! dès que j'ai atteint la première marche de l'escalier.

Les escaliers commencent à tourner de plus en plus vite, me transportant vers le haut. D'habitude, j'évite cette vitesse en montant, parce qu'elle me donne le vertige, mais pas aujourd'hui.

Lorsque l'escalier s'arrête au cinquième étage, je traverse en courant le vestibule de ma mère et entre dans son bureau privé. Il est vide. Une porte cachée derrière l'une des étagères en bois m'amène dans un étroit passage menant à sa chambre à coucher. Encore une fois, c'est vide. Je jure. J'aurais dû poser la question à Frost au lieu de m'enfuir comme un haggis sans tête.

Heureusement, il arrive, à bout de souffle.

— Ils sont dans la salle du Conseil, me dit-il.

Comment se fait-il qu'il soit aussi essoufflé ? Ai-je couru aussi vite ?

— Mais tu dois ralentir, Wyn. Ta magie fait de nouveau des étincelles.

Je lève les bras. En effet, de petites étincelles flamboyantes flottent sur ma peau, grésillant légèrement comme si elles pouvaient se transformer en éclairs d'une seconde à l'autre. Je descends dans la grotte de mon cœur et j'apaise ma magie. Elle est agitée, mais pas aussi violente que lorsque j'ai mis le feu à ma chambre. Je pense qu'elle est aussi effrayée que moi.

Je lui murmure des paroles rassurantes et les étincelles disparaissent.

— Maintenant, regarde-moi, dit Frost d'un ton apaisant, en me serrant les épaules, pour m'ancrer dans la réalité.

Je plonge mon regard dans ses yeux sombres et intenses.

— Respire.

Je n'avais pas remarqué que je respirais rapidement. Mon corps tout entier ne réagit pas comme il le devrait. Comme si ce n'était pas vraiment le mien.

— Inspire… et expire…

Je fais ce que Frost me demande, je respire avec lui, je me calme lentement.

— Inspire… expire…

Son regard me fige sur place, et je ne peux m'empêcher de continuer à le regarder. Mon Frost.

— Je suis désolée, murmuré-je.

— Tu n'as aucune raison d'être désolée. À ta place, j'aurais sans doute inondé tout le palais à l'heure qu'il est, me dit-il en riant. Tu ne peux pas te présenter au conseil comme ça. Cela ferait plus de mal que de bien.

Il ouvre l'armoire de ma mère et choisit une robe au hasard.

— Enfile ça. Le pauvre Algonquin aurait probablement une crise cardiaque s'il voyait la princesse en nuisette.

En dépit du vide qui règne en moi, je souris. Je me glisse dans la robe, et je lisse mes cheveux devant le miroir. J'ai l'air moins folle qu'avant.

— Prête ? me demande gentiment Frost, et je lui fais un petit signe de tête.

— Merci.

Il sourit.

— Quand tu veux.

L'ensemble du Conseil est présent à notre arrivée. Ils se lèvent tous à l'entrée, même Beira.

— Je suis vraiment désolé, *my lady*, dit Gwain d'une voix triste. Les autres personnes présentes dans la pièce approuvent en grommelant.

Ada me serre rapidement dans ses bras avant que je prenne place à côté de ma mère. Je l'ignore. Je ne peux pas supporter de la regarder maintenant.

Storm est assis à sa place habituelle à ma gauche. Je suis surprise de voir Arc et Crispin également assis à la table cette fois, au lieu d'être debout en retrait. Mais c'est logique, au moins pour Arc. Il était là quand tout s'est passé.

— Comment te sens-tu ? demande ma mère à voix basse.

— Sais-tu où ils sont ? lui demandé-je, ignorant sa question. De toute façon, je ne saurais pas quoi dire. Mon cœur est en ébullition et j'ai du mal à maîtriser ma magie.

— Non. Nous avons découvert le dernier endroit où se trouvait la Morrigan, qui a été abandonné.

Tamara me surprend en prenant la parole. Ce n'est que maintenant que je remarque qu'elle est assise à côté de Zephyr. Apparemment, toutes les conventions sont mises de côté aujourd'hui.

— Nous avons envoyé des gardiens chez eux, mais bien sûr, il n'y avait personne, rapporte la maîtresse de l'espionnage. Ils se sont divisés en équipes et se rendent maintenant aux portes les plus proches, pour voir s'ils peuvent trouver des traces. Mais si c'est vraiment la Morrigan qui tire les ficelles, il est probable qu'elle n'aura pas besoin d'utiliser les portes pour les transporter jusqu'à l'endroit où elle se cache.

— Que leur veut-elle ? demandé-je. Est-ce uniquement parce qu'elle veut que je vienne à elle ?

— Soit ça, soit pour nous montrer que c'est elle qui a tout fait. Elle sort enfin de l'ombre et prouve qu'elle tire les ficelles depuis le début.

— Qu'en est-il d'Angus ?

— Oh, je suis certaine que c'était en partie lui, dit ma mère d'un ton dédaigneux. L'attaque contre toi sur le ferry, l'enlèvement avant, tout cela ressemble à Angus. Et la tentative d'assassinat dont j'ai fait l'objet, peut-être. Mais le dragon métamorphe envoyé pour te tuer contre son gré... cela ne lui ressemble pas du tout.

— Et la Morrigan serait assez forte pour lui jeter ce sort, ajoute Arc. D'après ce que j'ai entendu à son propos, la manipulation des esprits est sa spécialité.

Je pense à Crispin et à la façon dont elle l'a manipulé pour qu'il la serve pendant très longtemps et je ne peux m'empêcher de frissonner. Et maintenant, ce monstre détient mes parents.

— Pourquoi ne suis-tu pas tes dieux à la trace ? demandé-je à ma mère, sans même essayer de masquer mon ton accusateur.

— Je sais où se trouvent la plupart d'entre eux, mais certains, comme la Morrigan, sont extrêmement doués pour se cacher. Surtout après que je l'ai expulsée de son propre royaume... Personne n'a entendu parler d'elle depuis des décennies. Jusqu'à maintenant.

— Tu aurais dû la tuer à l'époque. Après ce qu'elle a fait…

Je regarde Crispin, mais il est clair qu'il ne veut pas que je parle de lui. Tout le monde ne sait peut-être pas qu'il a été l'esclave de la Morrigan.

— Je ne peux pas tuer mes créations, soupire Beira. C'est une des lois universelles qui veut que je ne puisse pas anéantir ce que j'ai créé en premier lieu. Cela rebondirait sur moi et m'éliminerait aussi. J'avais prévu d'emprisonner la Morrigan, mais elle s'est échappée avant d'être capturée.

— Quelqu'un d'autre n'aurait-il pas pu la tuer ? demandé-je, ignorant le fait que j'ai sans doute l'air extrêmement insolente et pleurnicharde.

Ma mère garde le silence pendant un moment. C'est insupportable.

— Dis-nous ! m'exclamé-je, me levant d'un bond.

Des étincelles jaillissent à nouveau autour de moi et Storm pose une main sur mon bras, me ramenant lentement sur ma chaise.

— Elle est trop forte, dit Beira d'une voix tranquille. Je l'ai créée pour qu'elle soit ma seconde. Mon successeur. Quand Angus a commencé à lutter contre l'ordre naturel de l'hiver et de l'été, j'ai senti que j'avais besoin de quelqu'un qui pourrait mener les guerres à venir pour moi, quelqu'un de plus impitoyable et de plus insensible que moi. J'ai donc créé la Morrigan, la déesse de la guerre et de la violence. Je lui ai donné plus de force qu'à n'importe quel autre dieu auparavant. Elle a autant de pouvoir que trois dieux, ce qui me semblait primordial pour une protectrice de mon royaume. Mais elle n'a jamais voulu faire la guerre pour protéger. Tout ce qu'elle voulait, c'était la mort et la destruction. Après la dernière grande guerre avec Angus, j'ai offert son propre royaume à la Morrigan pour la tenir à l'écart des problèmes. J'aurais dû savoir que ça ne marcherait pas.

Je suis stupéfaite.

— Pourquoi créer une déesse si puissante que tu ne pourrais pas la contrôler ?

— C'était le seul moyen d'assurer la sécurité de mon royaume. Mon peuple avait besoin de quelqu'un qui se batte pour lui.

Il est aisé de lire entre les lignes. Elle n'est pas infaillible. Ce n'est pas parce qu'elle est la mère des dieux qu'elle ne peut pas faire d'erreurs.

Mais cette erreur-ci m'a peut-être tout coûté.

— J'ai envoyé des messagers dans tous les royaumes pour avertir nos alliés, dit Gwain dans le silence, interrompant avec tact notre conversation. Si l'un d'entre eux sait où se trouve la Morrigan, nous le découvrirons bientôt.

Zephyr s'éclaircit la gorge.

— L'ambassadeur dragon n'a toujours pas répondu. Je crains que leur royaume ne soit également affecté par la Morrigan. Cela ne lui ressemble pas d'ignorer mes messages.

— On dirait qu'elle a préparé cela de longue date, dit ma mère avec conviction. Nous avons été aveugles, trop concentrés sur Angus et sa menace ouverte pour voir la Morrigan se rapprocher. Mais il n'est pas trop tard. Quoi qu'elle prépare, nous serons plus forts. Nous avons des alliés, nous les avons peut-être choisis pour combattre Angus au besoin, mais ils se tiendront également à nos côtés contre la Morrigan. Elle est peut-être la plus grande menace pour l'instant. Je préfère de loin un ennemi visible à un ennemi tapi dans l'ombre.

— Mais qu'en est-il de mes parents ? demandé-je encore, me retenant pour ne pas crier.

Même si je comprends que nous devons parler des

conséquences à plus grande échelle, ce qui compte vraiment pour l'instant, c'est ma mère et mon père. J'essaie de repousser les souvenirs de leurs corps ensanglantés, mais ils défilent devant mes yeux.

Storm me serre la main pour me rassurer. Je suis reconnaissante d'avoir tous mes gardiens dans cette pièce ; je ne pourrais pas garantir que je ne me déchaînerais pas à nouveau sans cela.

— Nous ne pouvons rien faire tant que nous ne savons pas où se cache la Morrigan, dit doucement Gwain. Mais j'imagine qu'elle nous contactera bientôt. Elle les a enlevés pour une bonne raison, sans doute pour s'en servir d'otages. Et un otage ne sert à rien s'il n'y a pas de revendications. Je suis surpris que le démon ne t'ait pas dit directement ce qu'il attendait de toi.

— Ce traître ! lance Arc.

— Comment l'as-tu trouvé ? lui demande ma mère et une expression coupable se dessine sur son visage.

— C'est l'un des démons réhabilités d'Aodh. Aodh et son partenaire démon Chesca ont recueilli des démons au lieu de les tuer et ont essayé de changer leur nature. Cela a fonctionné dans certains cas. Dans d'autres, les démons devaient être tués à la fin. Mais celui-ci... il a été chaudement recommandé, c'est un converti modèle. Je n'aurais jamais imaginé qu'il puisse se retourner contre nous.

— Nous aurons une discussion à ce sujet plus tard, gardien, dit ma mère d'un ton sévère, et les épaules d'Arc s'affaissent.

Je commence à penser que Beira ne connaissait pas tous les détails de notre plan. En tout cas, pas le fait qu'il s'agisse d'un démon. J'ai beau vouloir le blâmer, mais je ne peux pas. C'est moi qui lui ai mis la pression. Je voulais les voir.

C'est ma faute.

On entend du bruit à l'extérieur de la salle du conseil, et, un moment plus tard, quelqu'un frappe. Cela ne peut rien signifier de bon. Le chambellan attend généralement à l'extérieur et ne laisse entrer personne.

Mon cœur se serre quand Jonathan entre dans la pièce, suivi d'un serviteur portant une grande boîte métallique.

— Vos Altesses, je suis désolé pour cette interruption, mais ceci a été livré aux portes du palais il y a quelques instants. L'homme qui l'a apporté… il a ingurgité du poison au moment où nous lui avons pris la boîte.

Gwain se lève et s'empare de la boîte.

— Merci, Jonathan. Tu peux t'en aller.

Le chambellan semble un peu contrarié de devoir partir, mais il suit les ordres de Gwain. Nous restons assis en silence pendant que le maître d'armes dépose la boîte sur la table devant lui.

Il pose les mains sur le couvercle et ferme les yeux, concentré. Il a l'air soulagé lorsqu'il les ouvre à nouveau.

— Je ne sens aucun piège magique ni aucune menace. Aucun signe de vie non plus. Il convient toutefois de faire preuve de prudence. Cette boîte n'aurait jamais dû être apportée ici. Je recommande à Vos Altesses de quitter les lieux jusqu'à ce que nous sachions ce qu'il y a là-dedans.

Ma mère pousse un soupir irrité et, d'un geste de la main, nous nous retrouvons tous derrière une barrière étincelante, à l'exception de Gwain.

— Voilà, nous sommes tous protégés. Maintenant, ouvre cette boîte avant que je le fasse moi-même.

Gwain semble sur le point de protester, mais se ravise. Il côtoie Beira depuis suffisamment longtemps pour savoir qu'elle obtient toujours ce qu'elle veut. Même si, dans mon cas, cela lui prend vingt-deux ans.

Il soulève avec précaution le couvercle du côté le plus proche de lui, et jette un coup d'œil à l'intérieur.

— Oh, non !

Son visage n'est plus qu'un masque d'horreur lorsqu'il referme le couvercle.

— Votre Majesté, je recommande à la princesse de ne pas regarder cela.

Furieuse, je me lève d'un bond et m'avance vers la boîte.

— C'est pourtant exactement ce que va faire la princesse.

Je l'écarte et ignore ses protestations. Il est bien trop fidèle à la couronne pour poser une main sur moi.

— Wyn, ne fais pas ça, m'avertit ma mère, mais je n'écoute pas.

J'ouvre la boîte… et je hurle. Ce n'est pas possible… Non ! S'il vous plaît, non !

Je recule en titubant et tombe dans les bras de Storm.

— Non, non, non… murmuré-je en boucle alors que la réalité de ce que je viens de voir s'impose à moi.

Il faut que je le revoie. Je dois m'en assurer.

Je me dégage de l'étreinte de Storm et ouvre à nouveau la boîte. Cette fois, je vois une petite note jointe au contenu.

Touche-moi.

Comme en transe, je touche la main ensanglantée posée sur un coussin rouge à l'intérieur de la boîte.

La main de ma mère.

*
**

— Qu'est-ce qu'ils vont nous faire, James ? demande-t-elle, mais il n'a pas de réponse non plus.

Ils sont arrivés dans cet endroit sombre il y a peu, mais aucun d'eux ne sait combien de temps ils sont restés inconscients.

Le bel homme en costume qui parlait au nom de Wyn a soudain fait jaillir des cordes brûlantes. Rose se frotte les bras, elle a encore mal. D'épaisses zébrures rouges se dessinent sur tout leur corps, mais pour l'instant, c'est sa fille qui la préoccupe le plus.

Wyn est partie depuis des semaines, et ils ignorent si elle a réussi à rejoindre sa mère. Rose grimace à cette idée. C'est elle, la mère de Wyn, pas cette déesse. Elle l'a élevée pendant vingt-deux ans, elle l'a prise dans ses bras lorsqu'elle était triste, elle lui a appris à marcher et à parler, elle s'est inquiétée lorsqu'elle expérimentait sa magie. Tout comme James, bien sûr.

Lorsque l'homme en costume est arrivé et qu'il a pu prouver que Wyn était avec lui d'une manière ou d'une autre, Rose était folle de joie. Elle craignait, bien sûr, que les stalkers *ne le découvrent, mais cela n'avait pas d'importance à ce moment-là. Parler à sa fille, c'était la seule chose qui comptait.*

Elle secoue la tête. Son esprit est en quelque sorte engourdi et elle a du mal à réfléchir. L'obscurité qui les entoure n'aide pas non plus. Elle ne voit même pas le sol sur lequel elle est assise. Elle ne voit pas non plus James, mais elle sait qu'il est ici avec elle. Elle a essayé de l'atteindre, mais il y a quelque chose entre eux ; du verre, peut-être.

— Quoi qu'ils fassent, soyons heureux qu'ils ne détiennent pas Wyn, dit James doucement et elle acquiesce.

Oui, tant que leur fille est en sécurité, cela n'a pas d'importance. Soudain, quelqu'un se trouve à côté d'elle.

— Nous devons envoyer un message à Wyn, dit une voix aiguë près de l'oreille de Rose. Es-tu volontaire pour jouer les messagers ?

— Non, je vais le faire ! s'écrie James de loin, mais Rose ne pense qu'à revoir sa fille.

— Oui, murmure-t-elle et la voix à côté d'elle ricane.

— Brave fille.

Quelque chose brille dans l'obscurité, un objet métallique. Au début, elle ne ressent aucune douleur. Puis, elle est submergée.

Du sang chaud coule de l'endroit où se trouvait son bras quelques instants plus tôt. Puis une autre douleur, dans son cœur. Pendant une seconde, elle voit la tige de métal qui sort de sa poitrine.

Le cri de James au loin est la dernière chose qu'elle entend avant que la mort l'emporte.

CHAPITRE

QUINZE

L orsque j'émerge du souvenir, je suis par terre. Beira me serre dans ses bras, les yeux remplis d'inquiétude. Cela ne lui ressemble pas du tout.

— Que s'est-il passé ? demande-t-elle.

Bien sûr, elle ne sait pas. Pour eux, ce n'est qu'une main. Une main ensanglantée dont on voit l'os dépasser à une extrémité. Le tatouage autour du poignet l'identifie. Un bracelet de cœurs délicats que ma mère s'est fait tatouer lorsqu'elle m'a adoptée. Il ne fait aucun doute que c'est elle. Même sans le tatouage, les épaisses marques rouges sur sa peau rappellent la corde enflammée avec laquelle elle a été attachée.

— Elle est morte, murmuré-je, mes mots rendant la situation encore plus réelle.

— Êtes-vous sûre ? s'enquiert Gwain derrière ma mère. Ils auraient pu... lui prendre sa main alors qu'elle était encore en vie.

— Elle est morte, répété-je. Je l'ai vu, je l'ai senti.

— Mais pourquoi ? demande Gwain qui se met à arpenter la

221

salle. Il n'y avait ni demande ni menace. Pourquoi tuer un otage sans avertissement ?

Je déteste la logique de ses pensées. Pourquoi tout le monde ne pleure-t-il pas avec moi ? Attendez. Est-ce que je pleure ? Je touche mes joues avec précaution. Pas de larmes.

Je ne pleure pas la mort de ma mère.

Je devrais être une épave, pleurer à chaudes larmes, mais au lieu de cela, je me lève et regarde à nouveau le bras. Je suis froide, clinique. La glace commence à m'envahir, recouvrant mon cœur. C'est nécessaire. Je dois m'élever pour devenir la personne que j'étais destinée à devenir.

L'héritière de l'Hiver. Froide. Sans émotion. Une véritable meneuse.

Je me lève et une dernière fois, je confirme ce que je sais déjà. Oui, c'est la main de ma mère. Elle est morte. Prochaine étape.

— Allez chercher l'homme qui a apporté ceci, ordonné-je à Ada. Il avait peut-être un message pour nous que les gardes n'ont pas vu.

— Princesse... commence-t-elle, mais un regard froid de ma part la fait taire.

Elle m'adresse un bref salut et s'en va.

— Gwain, retrace l'itinéraire de cet homme. S'il vient de la Morrigan, nous pourrons peut-être la retrouver grâce à lui.

Je sais que c'est une chance infime, car la déesse de la guerre est plus intelligente. Mais même si les probabilités sont minimes, nous devons tout de même tenter le coup.

—Oui, m'dame.

Le vieux gardien me salue, mais son expression est triste. Il sait que les choses ont changé. Il sait aussi qu'elles ne redeviendront jamais comme avant.

Je sens la glace durcir autour de mon cœur alors que je me tourne vers mes gardiens. Je déteste ce que je vais faire.

— Crispin, écris tout ce que tu sais sur la Morrigan. Ses faiblesses, ses points forts que tu jugeras importants. Ensuite, écris ce que tu juges sans importance.

Cela va être douloureux. Il n'est pas encore prêt à mettre des mots sur son passé. Il a déjà eu du mal à me le montrer. Mais qu'il écrive à ce sujet, mot pour mot... ça va le briser. Les fissures dans son âme s'élargiront, casseront et ce sera ma tâche de le remettre sur pied. Si je suis encore en mesure de le faire d'ici là.

Je me sens devenir de plus en plus froide. Le lien que je ressens avec mes gardiens se fige lentement. Je ne peux pas les considérer comme miens. Ce sont des outils que je dois utiliser pour trouver la Morrigan. Et la tuer ensuite. Ce n'est qu'une fois que cela sera fait que je pourrai laisser mon cœur se dégeler à nouveau.

D'ici là, il sera peut-être trop tard pour nous.

— Wynter, il faut que tu arrêtes.

Ma mère me regarde d'un air étrange, comme si elle était inquiète. Elle devrait être fière de moi en ce moment. J'essaie de lui ressembler. Intérieurement, ça me tue, mais c'est nécessaire. Elle est elle-même le parfait exemple du fait qu'il est possible de se couper du monde, d'être froid à l'égard de tous ceux qui vous entourent.

— Arc. Si c'est la Morrigan qui a jeté le sort sur l'esprit du dragon, peux-tu remonter la piste, d'une manière ou d'une autre ? Tu peux en savoir plus sur elle, et sur les raisons qui l'ont poussée à agir de la sorte ?

— Je ne crois pas, et cela pourrait blesser le prisonnier, mais...

— Fais-le. Je me fiche de savoir si ça lui fait mal.

Je me tourne vers Storm, mais avant que je puisse dire quelque chose, il prend la parole.

— Wyn, tu n'es pas toi-même en ce moment. Tu viens de perdre ta mère, tu es en deuil.

Il fait un pas vers moi, mais je m'éloigne instinctivement de lui. Je ne veux pas qu'il s'approche trop près. Il soupire en constatant que je ne vais pas tomber dans ses bras comme il l'espérait sans doute.

— Tu viens de dire à Arc de faire du mal à un prisonnier. Ce n'est pas toi. Tu as besoin de faire une pause, tu…

— Et à quoi cela servira-t-il ? grogné-je, frustré qu'il ne se rende pas compte de l'idiotie de sa demande. Elle détient mon père, elle nous menace tous. Nous devons agir maintenant, pas plus tard. Nous n'avons pas le temps de nous reposer. Nous ignorons toujours ce qu'elle veut. Il y a tellement de choses à faire, pourquoi ne le voyez-vous pas ?

Je crie la dernière phrase, réduisant la pièce au silence.

Je les ignore tous et je sors, puis je me mets à courir. Je ne peux pas rester à l'intérieur, j'ai besoin d'air. Je monte les escaliers en courant, ignorant la magie qui pourrait me transporter bien plus vite que mes jambes. Des gens me suivent, sans doute mes gardiens, mais je ne les attends pas.

Lorsque j'arrive au sommet de la tour, je ne m'arrête pas de courir et je saute dans les airs, mes ailes se déployant immédiatement. Je vole, m'élevant dans le vent glacé, chassant toutes les pensées et les émotions de mon esprit. Je ne ressens que l'exaltation du vol, le vent froid sur mes joues, les petits cristaux de glace qui se forment sur ma peau.

Je replie mes ailes sur mon dos et je plonge vers le paysage enneigé qui s'offre à moi. Je vois des silhouettes mobiles en dessous… des lièvres des neiges, peut-être ?

Je les suis dans leur course sur le sol gelé. Oui, ce sont des lièvres qui sautent rapidement d'une congère à l'autre. Je les observe, émerveillée par leur vitesse et leur agilité. Ils sont si libres…

Soudain, un arbre se dresse devant moi et je me déporte sur le côté, manquant de le percuter. *Regarde où tu voles, Wyn.* Je n'arrive pas à croire que je me suis laissée distraire par des lapins. Mais au moins, j'ai réussi à penser à autre chose qu'à la mort et à la destruction. L'air froid m'a permis de m'éclaircir un peu les idées.

Je réussis à atterrir, pas très élégamment, mais au moins je ne suis pas tombée. Cet endroit m'est familier. Cet arbre…

Oh, non !

— Es-tu ici pour avoir plus de *sparklies* ?

La voix mélodieuse de Blaze me pousse à me retourner. La licorne se fond dans le paysage blanc qui nous entoure, sa fourrure argentée scintillant au soleil.

— Oui. Je crois que oui, prononcé-je en lui offrant un sourire sinistre. Donne-moi ce que tu as de plus fort.

ÉPILOGUE

CHESCA

Les gardes sont aussi surpris que moi lorsque je franchis la porte du royaume de l'Hiver. Je n'aurais jamais cru qu'ils me laisseraient passer. Il est rare qu'un démon se rende dans l'un des royaumes des dieux. Surtout dans celui de Beira.

Mais je suis ici, maintenant, et les gardes commencent à reprendre leurs esprits. Ils pointent leurs armes sur moi, et un gardien s'avance, les mains tendues. Quelque chose m'attrape par-derrière, plaquant mes mains et mes ailes contre mon corps ; mais quand je regarde, il n'y a rien. De la magie.

— Je viens en paix ! m'écrié-je, et les gardes semblent encore plus confus. J'ai un message urgent pour votre reine.

Et sa fille. Wyn. Mais je suppose que Beira est toujours responsable de ce qui se passe dans son royaume. Je n'imagine pas que Wyn se préoccupe de tout cela. Même lorsqu'elle était sur le point de partir au combat au Calanais, elle n'avait d'yeux que pour ses gardiens.

— Qu'est-ce qu'un démon aurait à dire à la mère des dieux ? s'écrie le gardien à l'avant de la foule.

Je ne sais pas grand-chose de l'armée de la reine, mais je suis sûr que les bandes dorées sur ses épaules signifient qu'il a un rôle important.

— Je propose qu'on la tue maintenant, suggère un soldat balafré à côté de lui, assez fort pour que je l'entende. Elle attaquera Sa Majesté dès qu'elle en aura l'occasion.

— Je sais qui a envoyé les démons qui ont attaqué la porte de Calanais et qui ont essayé de tuer la princesse Wynter et ses gardiens !

Cela les pousse à écouter.

— Parce que tu es l'un d'entre eux ? ricane le gardien en charge et je ris.

— Non, parce que j'ai tué la plupart d'entre eux. Maintenant, laissez-moi parler à Beira.

Certains soldats halètent, choqués. Je soupire.

— Je veux dire, Sa Majesté.

— Elle n'a aucun respect, grogne l'homme balafré, les yeux remplis de haine. Si tu ne le fais pas, je la tuerai. Tu sais ce que les démons ont fait à ma famille.

— Retire-toi, soldat, ordonne le chef d'un ton glacial. Nathan, informe la reine que nous avons un démon en détention.

Un gardien blond et élancé court vers l'une des huttes à droite de la porte et disparaît à l'intérieur.

— Quel est ton nom, démon ? demande le responsable.

— Je suis Chesca, reine des démons de la zone Topaze du royaume des démons.

Je prononce mon nom avec fierté. Je n'ai pas souvent

l'occasion d'utiliser mon titre et je l'évite généralement lorsque je parle à d'autres démons. Je suis en exil depuis des siècles, et cela fait tout aussi longtemps que je n'ai pas mis les pieds à Topaze. Avec la Morrigan qui a pris le contrôle du royaume, je ne suis même pas sûre que mon royaume soit encore ce qu'il était quand je suis partie.

— Je ne savais pas que les démons avaient des reines, murmure l'un des soldats. Peut-être qu'elle ment pour se donner de l'importance.

— Non, Topaze existe bien.

L'homme balafré s'approche de moi. Il n'y a que de la haine dans le regard qu'il me lance.

— Connais-tu un Cristian ?

Je me fige. Je n'ai pas entendu ce nom depuis longtemps. Pas depuis que je suis partie et qu'il a essayé de me forcer à revenir.

— Oui. C'est mon frère.

L'homme fait quelques pas.

— Retire-toi, Kahol ! s'écrie le commandant.

— Je vérifie qu'elle n'a pas d'armes, monsieur, répond Kahol en saluant brièvement.

Il me contourne pour passer derrière moi. Je sens son souffle dans mon cou. Ses mains parcourent mon dos.

— Cristian a massacré ma femme, murmure-t-il pour que je sois la seule à l'entendre.

Je commence à lutter contre les liens invisibles qui me retiennent. Cet homme est dérangé, il n'écoute pas son commandant. Il veut se venger.

— Il a violé ma fille avant de la tuer. Il a presque réussi à me tuer. Tu vois les cicatrices sur mon visage ?

Il se place devant moi et commence à me fouiller.

— C'est lui qui les a faites. J'aurais pu les faire guérir, mais je voulais un rappel de ce qu'il avait fait à ma famille. Et là, j'ai sa sœur devant moi.

— Je le déteste autant que toi, murmuré-je frénétiquement. Il...

Il m'assène un coup de poing dans le ventre avant que je puisse continuer. Je halète, j'ai du mal à respirer. Les autres soldats observent sans réagir. Leur commandant a disparu, il est probablement dans l'une des huttes. Mais ses liens me maintiennent toujours en place. Je ne peux pas m'échapper. Kahol s'avance à nouveau derrière moi et je sens quelque chose de tranchant contre mon dos.

— J'aurais préféré que ce soit lui plutôt que toi, mais tu feras l'affaire.

Sans autre avertissement, il m'enfonce la dague dans la poitrine. Les os craquent et je sais qu'elle transperce mon cœur avant de ressentir la douleur.

Du sang remplit ma bouche et ma vision se brouille. Je dois faire passer mon message. J'en ai besoin.

— C'est... la Morrigan. Dites... à la reine... que la Morrigan... contrôle les démons.

La mort est proche.

— Ils... arrivent.

~ FIN ~

(Enfin, pas vraiment « fin ».)

L'histoire se poursuit dans La Reine de l'hiver.

Abonnez-vous à ma newsletter pour recevoir régulièrement des informations sur ce livre et d'autres: skyemackinnon.com/newsletter-francais

Si vous avez aimé ce livre, n'hésitez pas à laisser un commentaire.

DU MÊME AUTEUR

LES HIGHLANDERS DU STARLIGHT

Thorrn

Eron

Cyle

LES VIKINGS DU STARLIGHT

Vikingr

Drengr

Berserkr

LES ASSASSINS À MOUSTACHES

Chat perché

Chat glacé

Attrape-chat

Chat échaudé

Langue au chat

Chat et souris

Chat fâché

L'Arbre à chat de Noël

Les Assassins à moustaches : tomes 1 à 4

Les Assassins à moustaches : tomes 5 à 7

FILLE DE L'HIVER

La Princess de l'hiver

L'Héritière de l'hiver

La Reine de l'hiver

La Déesse de l'Hiver

À PROPOS DE L'AUTEURE

Skye MacKinnon est auteure de best-sellers. Ses livres racontent l'histoire d'héroïnes qui n'ont pas d'autre choix que de s'impliquer.

Elle revendique avec fierté son héritage écossais, utilisant les fantastiques décors de son pays et une pointe de mythologie, que ce soit pour parler de dieux celtes, de chats métamorphes ou des rues d'Édimbourg.

Lorsqu'elle ne se trouve pas dans son café préféré pour écrire ses livres, Skye adore la mangue séchée, ainsi que les thés exotiques, dont elle a rempli son placard jusqu'à ce qu'il n'en rentre plus aucun sachet. Ce qu'elle aime par-dessus tout, c'est être recouverte des poils de son chat démoniaque.

skyemackinnon.com/francais

Newsletter :
skyemackinnon.com/newsletter-francais